· 文脉中国散文库 ·

秋色无限

韩有义 / 著

中国文联出版社

图书在版编目（CIP）数据

秋色无限 / 韩有义著. -- 北京：中国文联出版社，
2017. 10（2023.3 重印）

ISBN 978 - 7 - 5190 - 2830 - 5

Ⅰ.①秋… Ⅱ.①韩… Ⅲ.①散文集—中国—当代

Ⅳ.①I267

中国版本图书馆 CIP 数据核字（2017）第 251289 号

著　者	韩有义
责任编辑	郭　锋
责任校对	茹爱秀
装帧设计	中联华文

出版发行　中国文联出版社有限公司
地　　址　北京市朝阳区农展馆南里 10 号　　　邮编　100125
电　　话　010 - 85923025（发行部）　　　85923091（总编室）
经　　销　全国新华书店等
印　　刷　三河市华东印刷有限公司

开　　本　710 毫米×1000 毫米　　1/16
印　　张　16.5
字　　数　176 千字
版　　次　2023 年 3 月第 1 版第 2 次印刷
定　　价　78.00 元

感人动心，莫乎情真

■ 张玉岭

　　唐代白居易的《与元九书》中有一段话："感人心者，莫先乎情，莫始乎言，莫切乎声，莫深乎义。"可见，情为物动，文因情生，是千古不易的写作之道。即便应景之作，那也只能是物动情生者，方可咀嚼有味，乃至沁人心脾而感人至深。朱自清的《背影》如是，杏林子的《朋友和其他》亦如是。好的散文，总是让人感到情韵幽深，意在言外，读之有兴，掩卷有思。

　　也许正是这样的感受，读到韩有义的散文，油然而生欣喜之情。字里行间，透出散文文脉之余香余韵。真诚地叙事，真爱地写人，真切地写景，真实地写情，"真"成为这本文集的生命和灵魂，"情"成为这本文集审美的焦点和根本。几乎在每一篇文章里，你都会不同程度地嗅到生活的五味杂陈，不同角度地触及生动的多彩人性，都能体会出作者对草根的那份眷恋、对乡土的那份深情。在作者的视野中，平常事、普通人、世间情，成为他捕捉和写作的重心。在这些平常事、普通人、世间情中，他发现了真，张扬了善，传达了美。

韩有义笔名友谊。1950 年生于内蒙古化德县。1968 年参加工作，当过知青、工人、公务员，1987 年当选为化德县副县长，1990 年调往乌兰察布盟财政、工业、审计等政府部门和人大机关担任领导职务。无论工作角色如何变化，他的生活始终与文学有着一种割舍不断的缘分。生活是一条河，好散文的产生则像河里淘金。韩有义的散文创作将个人的人生阅历、生命体验、情感认知、辛酸磨难、人生价值等融为一体，就像他在化德县农村下乡当知青、打水井时那样，在岁月的河流里一点点捞取，筛选融会、化为笔墨，凝成一幅幅人生四季的美景。韩有义是用生活在写作，不是技巧。丰富的生活积累，使他随手拈来，都自成文章。他以亲身经历的鲜活生活，将文章渲染得格外真实生动，让人读后倍感亲切可信。

比如，《牵手》"在领导的撮合下，一包水果糖，五盒'迎宾'烟……唐山大地震那夜，我喝多了酒，睡得很沉，地震时，化德县城关镇震感强烈。她被震醒了，感觉出家具有响动，并听到了街上有人喊叫'地震啦'，她使劲地推我、操我，我还是没醒，她没办法就躺在我身边，一动不动。第二天，我知道昨晚地震了，问她知道不，她说知道，'那你咋不叫醒我？''我推你，你不醒，我就睡了。'

'那要砸死怎么办？''要死一块儿死！'听了这话，在哭笑不得之际，也特感动：她是我同生共死的伴侣啊……"这样近乎白描的写法，朴素的情感，平实的言语，却道出了本真的内涵。一篇千字文，给你足够的人文关怀，一袋烟工夫，会模糊你的眼睛，点燃你的真情。

比如，《情趣麻将》："麻将中蕴含着很多的哲理，人生的每一次抉择都像玩一局麻将，输赢都是自己的，选择错误就没有反悔的机会；怕输的人，往往也赢不了……远比朋友的语言安慰作用明显，这局输了不是还有下一局吗？真正的输赢只有牌局结束才能明了，半途决不能言败，上一局过了，就不要再去想它，要着眼于当下……切记要把麻将当玩具，绝对不能做赌具。要使它添乐，绝不能让它添乱……"贾平凹说："读散文最重要是读情怀和智慧，而大情怀是朴素的，大智慧是日常的。"从这些文字中可以看出，丰富的人生阅历为韩有义的文学创作奠定了坚实的基础，他的工作经历，使他的生活保持着勃勃生机。因此，他的眼光就更深刻、更透彻。

比如，《坐公交》："我怎么也搞不明白，小孙子为什么那么喜欢坐公交。由于他的特殊爱好，我坐公交的概率就明显增大了。公交车是一个活动的公共场所，男女老幼各行各业形形色色的人都有，也可以说是一个社会的缩影。由于它的流动性而不断地更替着缩影的内容，只要你认真地注意观察、琢磨，就像欣赏一部3D纪录片，且身临其境，便更有意味了……"他随时捕捉着周围发生的点滴素材，审视沉思，形成文字，褒扬进步，鞭笞落后，宣泄感慨，记录人生。无论什么题材，读者都能从中得到一种亲切的感受。

从韩有义的散文中，你读不到都市奶油小生的娇嗔气和甜腻气，他的笔触远离小资的矫情，没有现代职场的血肉博弈和写字楼里无谓的人生耗损。展开书页，我们看到的是一片塞外的月光，荒漠中的植物，孤独的牛羊，遍布霜露的荒野，以及村庄与道路之上人们的真实生存图像。边疆荒地上的灵性事物俯拾皆是，戈壁荒野中的飞禽走兽，都给人带来心灵的愉悦和独特感悟。

更为难得的是，自幼嗜好文学与书画的韩有义，孜孜以求、逢师必拜、逢闲必练、见好即学，作品曾荣获全国审计系统书法大赛优秀奖、三等奖，近年曾三次荣获自治区中老年书法大赛三等奖。2014 年获世界"榜书人"书法作品大赛二等奖，同年获书法报全国书法大赛优秀奖。现为乌兰察布书画院名誉副院长，世界榜书协会常务理事，《精彩乌兰察布》期刊主编。这本文集的"春梦留痕""夏雨无声""秋风方劲""冬日沉思"四个章节的扉页，都配有作者本人的书画作品，开卷之余，更让读者觉得图文并茂、雅趣横生。

掩卷沉思，想起中国作协主席铁凝散文随笔集《从梦想出发》里的一段话："我们梦想着在物欲横流的生存背景下，用文学微弱的能力捍卫人类精神的健康和心灵的高贵。这梦想路途的长远和艰难也就是文学得以存在的意义，同时这也是文学的魅力……"正是这种魅力，引领作者踏实地走着人生的每一步，认真地写着文章的每一个字。如今，把人生四季的情感体验和生命感悟结集出版，不为炫耀，不为名利，只为给自己多年来的写作有个交代，也是留给后辈儿孙的一笔精神财富。

如此，甚好！

2015 年夏于呼和浩特

张玉岭，原内蒙古日报社社长。

体味生活，感悟人生

——初读韩有义散文集《秋色无限》

■ 满都麦

　　韩有义在退休前一直从事行政工作。工作之余，喜欢舞文弄墨，初步显露了文学才华。写了些东西，但大都是即兴之作，零零散散，不成规模，故未登上文学之殿堂。退休后，有时间了，他揖别了文山会海，开始了形象思维，追忆往事、摹写人生、记录旅途、体味生活，文思如泉水般涌出，汇成河流，一发不可收！创作驶入了快车道，走上了高峰期，并逐步成熟。我们为之惊讶兴奋，为之庆贺！

　　读罢韩有义散文集《秋色无限》，我有两个感觉：一是他的作品中浓浓的生活气息扑面而来；二是作者对生活和社会的深刻思考和研讨，二者浑然一体、相辅相成、相得益彰。我们知道，文学中对散文的要求是体物入微。郁达夫说："一粒沙里看世界，半瓣花上说人情。"所谓体物，就是以自身的经验、感悟，乃至个性、气质，去咀嚼生活，和宇宙万物"同其感情，同其生命"；入微，就是对事物内部，或者对事物之间复杂错综、深邃微妙的联系探索和发现。《秋色无限》中的作品，可以说是实践了文学中对散文的这个要求的。写少年之趣事，像春梦回忆，朦胧迷离，如《鱼鹰教我》《月夜打鬼》《鼠口夺粮记》等；写青年之成长，像夏雨潜入，润物无声，如《当年那个司机梦》《秋夜牧马记》《经受考验》等；写秋天的故事，像秋风吹过，成熟厚重，如《秋色无限》《佛子山探宝》《敦煌行》等；写生活的话题，像冬天积雪，冷静思考，如《坐公交》《蜂怒》《又一个元宵节》等。作者从生活中的一两件"小事"写起，通过轻松的叙述、细微的描写，创造意境、塑造形象、抒发情怀，进而体味、探讨一种感想、一个道理。曾有一位编辑说韩有义的散文是"问题散文"。我很同意这个说法，综观《秋色无限》中收集的散文，没有一篇不是带着问题的，没有一篇不是提出问题的。这些问题不是个别的，而是社会和人生中的各式各样的问题，作者提出来，同读者一起去探寻、去追求、去体验、去思考、去研究，从中得到启发和教诲。

这些问题的提出及表述，不是逻辑思维的论证，也不是说教，而是通过一个"情"字来实现的。作品全部用的是第一人称，通过"我"的所见所闻、亲身遭遇来写"情"的。写乡情：《家乡的莜麦》《莜面情结》；写亲情：《招魂》《疗伤》；写友情：《草原风，漓江情》《佛子山探宝》；写人情：《举手之劳》《台湾的百香果》；写真情：《经受考验》《胸怀一颗平常心》；写爱情：《牵手》等。对"情"的铺排和渲染，"化"出了一个个问题，让读者得到熏陶和教益，但是，写"情"，并非声嘶力竭地直呼狂喊，而是以情节的描述，自然地把"情"托出。古人云："理不可直指也，故即物以明理；情不可显出也，故即事以寓情。"经过即物明理、即事寓情，来找出物与理、事与情的内在联系，这就叫"体味"。

韩有义的散文，在创作风格上的显著特点是自然、朴素，是行云流水的自然，是耐人寻味的朴素，而不是矫揉造作、故作高深，不是华而不实、无病呻吟。作品很注重意境的创造，如《秋色无限》《我的游乐场》《秋夜牧马记》等篇，意境都很美，而且写得有滋有味，令人爱不释手。最后提到的一点，《秋色无限》中的作品，传达的都是正能量，都是健康的、进步的、向上的。

在无限美好的丰硕秋色里，祝愿韩有义收获多多！

满都麦，全国著名蒙古族作家，曾任内蒙古文联副主席、内蒙古作协副主席、乌兰察布市文联主席。

目录

梦留痕

反

雨无声

秋

风方劲

冬

日
沉
思

——

春

梦留痕

我的游乐场

广州的番禺游乐场，在国内算是规模较大的一个游乐场。春节的一天，我们一家到这里玩。早晨九点多入场，一直到下午四点多了，孩子们还是意犹未尽。玩儿的项目多，孩子们的兴致也高。刚从摩天轮上下来的孙女，拉着我的手问："爷爷，你们那时候，有游乐场吗？"

这个问题，外孙女也曾问过我。我当时回答："我们那个时候，肚子都填不饱，哪有什么游乐场。"今天，我没这样回答，而是很认真地说：

"有哇。爷爷小的时候，也有游乐场，好大好大，好漂亮好漂亮……"

"在哪里？"孙女摇着我的手，"怎么没听你说过？"

"爷爷小时候的游乐场，在原野。"

"原野？唔，我明白了，原野就是大自然吧？"

"对。是大自然给我们的游乐场。这游乐场有山有水，有树木有花草，有蓝天有白云，更有清新的空气。我们的游乐场又大又美，没钱也可以玩，而且春夏秋冬都有玩的。"我还想说什么，孙女已经松开我的手，去玩儿另一个项目了。

看着孩子们蹦蹦跳跳欢快的身影，我不由得想起了自己的童年，那个疯天疯地地玩儿哟！本来嘛，玩儿是孩子的天性，哪个孩子不喜欢玩儿？如果孩子一旦没了玩儿的兴趣，那么他肯定是有毛病了。玩儿，是上天赐给孩子最宝贵的礼物。我们那时候，不时兴什么学前教育，就是上了学，书包也远没有现在这么沉重。于是，玩儿，就占据了童年的很大一部分时间。在我孙女两三岁的时候，我问她什么是幸福，她回答："幸福就是调皮呗。"这是她的感觉，也是心里话。我们当"大人"的，应该理解孩子的心理，认识到孩子爱玩儿没有错，只要是安全、开心、快乐，就应当给予支持。

前边说过，我们那时候在大自然这个游乐场一年四季都有玩儿的。记忆，倒退几十年，再现我那难以忘怀的童年时光吧。

——那是一页冬天的童话：天空晴朗，四野皆白，阳光照在雪地上，很刺眼。我们五六个男孩子排成一溜，在雪地上踩出一串深深的脚印，正向离家有两里多路的一个山包走去。我深一脚浅一脚地跟在最后边。在这群孩子中，我的年龄最小，准确地说当时几岁，我也记不清了，反正还穿着开裆裤。我小时候最喜欢和大孩子们一起玩儿，人家不想带我，我就变着法子讨好人家。昨天晚上他们才答应带我一起玩儿的，但二黑小指着我的鼻子警告我不许哭，我说：

"保证不哭。"他说："明天咱们上山玩儿。"我很高兴。

费了好大劲儿，出了一身汗，总算到了山顶。这里是丘陵地带，山包一个连着一个，这山比那山高不了多少。我们爬的这个山包离我家是最近的，也是相对较高的。在山顶往下眺望，白色覆盖一切，县城缩成很小的一片，罩了一层浅蓝色的烟雾。树和电线杆们缩变成一根根白色的火柴梗儿。深吸几口凉丝丝的空气，感到很舒服。除了太阳有些刺眼外，所有景物都好看：高高低低的山是白的，沟是白的，路是白的，山梁是白的，庄稼地里是白的，县城也是白的，白得那么纯净，那么宽广，那么迷人。

孩子们在山顶上，有的坐着，有的躺着，我只能站着，我穿的是开裆裤，怎能让屁股坐在雪地上？他们几个看着我，傻笑着，有的还挤眉弄眼。二黑小把嘴凑到栓柱耳边不知说了些什么，大伙笑得更欢了。"来，我们玩滑梯喽。"不知谁喊了一句，他们就屁股往下一蹲，身子向后一仰，双手护头，顺势滑了下去。我注意到旁边的雪地上已有滑过的痕迹，看来他们在这儿玩过不止一次了。在这条二十多米的雪道上，他们正飞快地往下滑，腾起了一团雪雾。到底后，他们欢呼、跳跃，向我喊："下来呀，下来呀！"二黑小嗓子最尖："你不是想和我们一起玩儿吗？下来呀！"这时，我站在山顶上，孤零零的，鼻子酸酸的，真想哭，但我还是忍住了。我意识到刚才他们瞅我笑不怀好意，是在挤兑我，还是考验我？我一咬牙，攥紧拳头，闭上眼睛，顺着滑道就溜了下去！雪雾退去，我却站不起来了，两个裤腿里都灌满了雪，腿不能打弯儿了。他们几个都愣住了，再也不叫了，跑过来有的拉住我的手，有的掏我裤腿里的雪。在回家的路上，大家都没说一句话。第二天一大早，二黑小就领了两个孩子找我一同去玩儿了。

冬天虽冷，但我们玩儿的项目可不少，比如，套鸟是很吸引人的。找一根长麻秆儿，悄悄插进马尾巴，拧几下，使马尾毛缠在麻秆儿上。用力一扯，几根马尾毛就到手了，弄块木板，用锥子扎上眼儿，把搓成套儿的马尾毛用沾着唾液的棉球压进去，放在院子里一冻，就制成了小鸟"杀板"。下了一夜的雪，到处都是白茫茫的。找个僻静的地方，踢出一片黑土，撒上些显眼的粟子，诱鸟上套儿。鸟被套住了，大家跑过去解各自"杀板"上套住的鸟儿，有百灵、画眉、山雀，养在家里的窗台上或笼子里。这些鸟儿大都养不活，特别是百灵鸟，它是草原上的歌唱家，一旦被套住放在笼子里，它们就不吃、不喝，更不唱，而后"咬舌自尽"。它们是大自然可爱的自由精灵。

——那是一段春天的插曲。家乡的春天来得晚，到阳历5月才能闻到春天的气息，见到春天的迹象，阳光暖和了，风也柔和了。雪地渐渐消瘦，被雕成晶莹的颗粒和薄冰，薄冰上很快又幻出黑色的尘土和杂草，接着雪和冰都成了水，渗进土地，尘土和杂草也就和土地融为一体。在阳婆湾湾里，浅黄色的草尖儿从地里钻了出来。这里，山坡和山沟就出现了一条条小水流，一渠渠、一道道闪着光向低处流淌。孩子们不惧春寒料峭，找一个合适的地方堆起一道土坝，并引流让周边的水都聚到这里。水，越聚越多，坝也就越垒越高，那股干劲，真像防洪抢险。水更多了，坝实在堵不住了，人手调不过来，四处告急了，领头的孩子一声令下，用手把土坝扒开一个口子，一股"洪水"就猛烈地泄出。孩子们大喊："杀猪了，杀猪了！"

为什么这么喊？到现在我也没搞明白。反正大家玩儿得很尽兴，管它什么名堂呢。

——那是一首夏天的歌谣。夏天，是原野最美的季节，也是孩子们户外活动最多的时节。太阳出得早落得晚，雨后常常可以看到彩虹，我们叫"放虹"，有"东虹打雷西虹雨，南虹出现刮到底"之说。在大井沟旁，有个叫寸草卜子的地方，长的草细细的、柔柔的，有三寸多长，面积有半个篮球场那么大，很干净，没有一根杂草，在上面睡觉、打滚儿，舒服得很。我们经常在这儿嬉耍，耍腻了就进树林玩儿捉迷藏，要不就上山找鸟窝、捉蚂蚱。山上虫鸣鸟叫，百花盛开，最惹眼的是山丹花，有六七个头的，听人说吃了十二个头的山丹花就会长生不老。我没找到过十二个头的，只找到过两株九个头的，挖回来种在自家的院子里，它们活了很多年，那根是一个像蒜头一样大小的圆球。夏天，是我们玩耍的黄金季节，经常玩儿得忘了吃饭，"十七、十八人定月发"，直玩到月上中天才回家睡觉。

——那是一个秋天的故事。秋天是收获的季节，小麦地黄了，莜麦地白了，糜谷穗都弯了腰，瓜果蔬菜正飘香。那时，水果很珍贵，全县也就在西山林场栽有百十棵叫黄太平的果树。孩子们早就盯上了，因为树行间还种了些西瓜、香瓜。护林员是个聪明人，他知道靠防是防不住我们的，便收买了我们，给上我们一些瓜果，要我们为他看园。我们嘴馋，被他收买后很认真地当起了园林卫士，晚上潜伏在暗处，腰里还别着自制的木枪，像特工似的。月光溶溶，清爽的小风中夹着瓜果的香气，我们围在树下，望月亮、数星星、讲笑话、听故事。那情景，现在想起来都是美滋滋的。

那时人们的生活很艰辛，各家都不富裕，孩子十来岁就要干些力所能及的活儿，拔草、挖药材、搂柴、拾粪、脱土坯。当然，干活也不耽误玩耍。有一回，我和几个大孩子去搂草，拉了两辆小推车。回来的时候，两辆车上装满了麦秸。好不容易爬上了坡，下边还有几里路，下坡较平，不陡。有人提议，把两辆车的车辕绑在一起，不就成了一辆四轮车了，更平稳，而且下坡人还可以坐上去。车绑好后，大家都爬上去坐在麦秸上。刚起步很平稳，大伙儿哧哧地笑，为自己的创举而自豪。车，越溜越快，越溜越快，人们紧张起来。路上有块石头，车冲过去被它一垫，立马飞起来，人们哇哇惊叫，那个刺激比游乐场的大摆锤强烈多了。万幸的是飞起的车落在了麦地里，一辆小车的轴被颠断了，大伙儿搞得灰头土脸，有个孩子从车上甩出去胳膊受了点儿伤，脸上蹭破一块皮，真险呀！事后我们也做了总结，一是不能光图快，光图省力；二是车上没有刹车装置。前进的路上，关键时刻只管往前冲，刹不住车会出大事故的。

哦，原野，我童年、少年的游乐场哟，是我一生魂牵梦萦的甜蜜怀恋！

月夜打鬼

　　每个人少年时都有几个说到一块儿、玩在一起的朋友。兰柱和丑丑就是我小学和初中形影不离的伙伴。

　　那时候庄户人盼的是有个好年景，想的是如何能填饱肚子，对孩子的读书问题似乎并不看重，更没有那种望子成龙、望女成凤的奢望。

　　那年我七岁。秋天到了，一天丑丑说："今天不能玩儿了，我要去学校报到了。"他比我大，上了一年级。我说："我也想到学校去看看。"他同意带我去。到了县一完小，看到报名的孩子很多。报名老师的桌子上堆了一堆金盏花。我紧跟在丑丑的身后，他报完名后，我们正想走，一位女老师把我叫住，把一堆花推过来让我数。这事难不倒我，那时我已经能数一百以上的数了，还能写家长的名字。我流利地数着，数到了一百后还在往下数，老师笑着摆手不让我数了，问道："你叫什么名字？"我回答："九子。"老师笑道："那是小名。你的大名叫什么？"我愣住了，我只知道我妈在我奶奶六十九岁时生的我，所以就叫我六十九，因为不太顺口，就干脆叫我九子。老师以为我听不懂她的话，解释道："大名就是官名……"可我知道，我确实没有什么"大名"或"官名"。扭过头求救丑丑，他也愣在那里，见我看他，就提示我："比如我，丑丑是我的小名，大名叫孙海升。"这时我的脑子里一下子蹦出了我大爷经常讲的故事，《三国演义》里的桃园三结义，《水浒传》里的忠义堂，我喜欢那些行侠仗义的好汉，就脱口说："就叫韩有义吧！"女老师哈哈大笑，旁边一位老师闻笑走过来，问："你家住哪里儿？"我说："小南山桥底下，跟六毛糕家挨着。"两个老师笑得更欢了。我又补充道："他们家养了一条大黑狗……"一个老师强忍住笑，问："你几岁了？""七岁。""那你还不够年龄，明年再来报名吧。""我本来也不是来报名的。"我还想说什么，丑丑拉着我跑出教室，后边传来一片笑声。我很开心，这等于搞了一次报名演习，我不讨厌上学，学校孩子多，玩儿起来肯定痛快。回到家，我讲起了今天报名的事儿，大家也笑了，并认为我给自己起的名字还行，就这么叫吧。第二年入学报名，我报的"大名"叫"韩有义"，一直叫到现在，而且要叫一辈子的。

几年后，我和兰柱考上了初中，而丑丑没考上。当时县里只有一所中学，而且建在离县城十五里的朝阳公社。我和兰柱家都在城郊，两家距离不远，因此还经常来往。他虽然只比我大两岁，但显得很沉稳，脑子里爱琢磨事，点子多。过春节，我们家买几张年画，买几挂鞭炮，贴贴对子，再就是立上祖宗牌位，上香磕头等。丑丑家过年可就热闹多了，除了别人家做的他家必做外，从腊月二十三开始就有了过年的味道，从灶王爷"上天言好事，回宫降吉祥"，到正月十五再到二月二"龙抬头"，几乎每天都有说道，哪天扫穷土、扒穷皮，哪天请哪路神仙，家里一直供着大仙爷，过年时门上贴上门神，墙上房梁上还挂着我看不懂的玩意儿，说是避邪。最让我想不通的，是他爸给我们讲妖魔鬼怪的故事，说他们口里有人死了，就把灵魂附在了活人身上，接着就演绎出了一连串吓人的故事。那时没有电视机，连半导体收音机也没有，听故事就是孩子们串门的最大乐趣，大人们愿意讲，孩子们也喜欢听。

这一段时间，我一个人睡在小南房。小南房放着一口给我大爷准备的棺材。我睡小南房是为了宽敞、方便，因为家里一条不足七尺的火炕上头朝里外睡着大小八个人。在小南房我可以用自己搞来的大电池，用细铁丝连上手电筒的小灯泡，就可以看小人书、小说了。《隋唐演义》中从第一条好汉李元霸到第十六条好汉秦琼我都能数出来。此外，还能加工制造自己喜欢的玩具，好多年爱不释手的土坦克、木手枪、木大刀、地牛、溜冰板等都是在这里诞生的。

晚上，在丑丑家听完故事，回家的路上我哼着歌为自己壮胆儿，在没有月亮和天阴的时候，我总感觉头皮发麻。我不想听那些故事，可他总来找我。我建议他到我这儿玩儿，他说看见棺材瘆得慌，害怕。平时来他也只是站在门口，不敢踏进小南房半步。我说，小孩子心里的鬼都是大人给装进去的，孩子的胆小和害怕都是大人造成的。他笑一笑，不置可否。

有一天夜里，我在小南房刚睡着，就被惊醒了，我听到了"扑扑棱棱"的声音。我赶紧起身，划火柴点灯，手直发抖，连划了几根火柴，不是断了就是划偏了，好不容易划着了，又点不到灯捻儿上。折腾了一阵儿，声音也不响了，我胡乱想了一会儿就又睡着了。很快我又被惊醒，这次声音更大，而且是靠墙的棺材那里发出的，其中还夹着小孩哭似的尖叫声，很凄惨、很怕人。我点着了灯，那声音还不停。我大胆循声查去，举着灯顺着棺材挨墙的缝儿往里一看，原来是只兔子挤在夹缝中。我找来一根木棍，撬了一下棺材，兔子跳了出来，不叫了，虚惊一场。第二天，我把昨夜的事告诉了母亲。母亲笑着说："你一天不着家，回家又晚，没来得及告诉你，昨天咱家买了几只青紫蓝改良兔，放到了小南房。人们说这种兔很值钱，猫三狗四，兔子差不多一月一窝，繁殖很快，而且好养，拔点草喂喂就行。昨晚上把你吓着了吧？"说着过来要揪我耳朵，我知道接下来她就念"揪揪耳朵拔拔毛，九子九子别吓着"，我长这么大耳朵没少被她揪。现在还用揪么？我扭头走开了。父亲说："这小子还有点儿胆子。"

在放学回家的路上，我想起了那天晚上兔子"闹鬼"的事，就讲给同伴听，在讲到兔子哀叫和小孩哭差不多时，有的伙伴脸色变了。我炫耀自己胆子大，说："其实哪有什么鬼啊，都是自己吓自己。"有的说："就是，谁见过鬼？"也有的说："你的胆子也够大的，要不是看见兔子，还不把人吓死了。"只有丑丑脸沉沉的，一句话也没说。

刚进夏季，土地全解冻了，雨水不多，正是脱砖坯的好时候。每天，母亲领着七大八小几个孩子在坯场脱砖坯。我每个星期六从学校回来，一定先到坯场，从土崖上铲下足够明天一天用的土，把大块土打碎，把四周打起能容水的围堰，然后到一百五十多米外的辘轳井担水，需担上十二担水，倒在泥里沤湿。干完这些活才回家吃饭。别人都吃过了，饭留在锅里，热气腾腾的。第二天一大早，我又赶到坯场，把昨天晚上沤好的泥和起来，母亲领着孩子们来了，我再回家吃饭。星期日下午我回校，走之前，再担十二担水，沤上够脱一千二百块砖坯的泥，然后上路。每次返校时差不多太阳都快落山了，好在有两三个同学做伴。

今天，做伴的同学都没来，我问他们的家长，说早就走了；我又到丑丑家，他妈说他走了有一个时辰了。没办法，今天只好我自己走了。

十五里路，就是小跑也得一个多小时。太阳很快落山了。山梁的阴影拉得越来越长，慢慢地四周都暗了下来。月亮上来了，但有时被云遮住，时明时暗，朦朦胧胧。有辆汽车从后面开过来，车灯贼亮，照在路上，偶然见到有鼠兔掠过，我向它招了招手，可它喇叭都没响一声便呼啸而过。前边更黑了，走到离学校还有二里多路的时候，进了苗圃。两边幽深而神秘，起风了，树林有声，不时传来猫头鹰的叫声。我真有点儿紧张了，看见两旁的团团黑影，怪怪的，不似往常。前边是一条常年流水的河流，这里有日本人当年打的一眼钢管井，至今还冒水。过去我经常到这里玩，可今天见到什么都感觉别扭。猛然间，我看见前面桥头蹲着两个白疙瘩，一会儿高了，一会儿低了。我哼起了歌，为给自己壮胆，实际是心虚的表现。此时，我不仅看着前边，还留心两边，寻找我可以做武器的东西，正好脚上踢到一个拳头大的硬土块，就弯腰把它拾起拿在手里。走近了，月光下我分明看到白疙瘩上红白黑相间的鬼脸儿！我的头感到发涨，头皮发麻，下意识地把手中的土块向"鬼脸儿"砸去，只听"哎哟"一声，两个白疙瘩转身跑起来，露出了四条黑腿。我一下子明白了，发疯地叫喊着、骂着，又从地上捡起不知是土块还是石块朝他们砸去，他们也不还手，没命地跑……

这是丑丑精心策划的闹剧。我真的生气了。第二天，他领着那个同学来见我，很不好意思。据他说，那天我给他们讲了兔子"闹鬼"的事，并炫耀我的胆子大，他就生出了鬼点子想吓吓我。于是就到县城买了鬼脸，穿上冬天的白茬儿皮袄，还在树上挂了些纸条、布条等，只是我当时没注意看，只觉得树木古怪而已。

我的气还未消："你的鬼点子也太多了吧！"丑丑的脸红红的。那个同学说："鬼点子确实闹大了，幸亏是块土块，要是石头，我可惨了。再不能这么玩了。"丑丑在我的肩头打了一拳："你小子真行，真没吹牛。要是我肯定会吓个半死。"我知道，他这是道歉的意思。可我还是别不过这个劲儿，说道："你怕鬼，是你心里有鬼。我心里无鬼，怕什么鬼！"现在想起来，我当时的那句话还是有点儿水平的。

鱼鹰教我

1968 年的 4 月，天气特别冷。

我漫无目的地在城关镇十字街头转悠，一股冷风吹来，脊背一阵发冷，浑身透骨地凉，心也凉得直打冷战。

学校停课了，校园冷冷清清，我闲着没事干。原来我在工程队打零工，挣点钱补贴家用，可是父亲单位的"革命派"到我们家抄家时，搜出了我练毛笔字的一些传单，说我是现行反革命，批斗了一晚上，还在我的额头上留下了个大肿包。这样，我零工也打不成了，成了闲人，苦闷、迷惘、烦躁像无数条毒虫一样啮咬我的心。

在街口，我看见围了一些人，便走过去，原来是农村社员在卖鱼。过一会儿，又有几个社员挑筐背袋来卖鱼。我很惊奇，我没听说过化德县有养鱼的。一打听，说是朝阳公社车家滩水面刨出的冻鱼。

车家滩地势低洼，它的上游有几个小水库，早年曾有人往水库里试放了一些鱼苗。有一年雨大，洪水把水库淹了，可能有些鱼就顺着洪水流到了车家滩水面，由于这里水面宽广，水质优良，营养丰富，它们就繁衍生息开来，由于它们是"偷渡"来的，无人知晓，所以它们生活得很平安。很快，车家滩有鱼的事让县里知道了，就让食品公司看管起来，在这里建起了渔场。这里的鲫鱼个儿大、味美，又无污染，声名鹊起，一度成为北京人民大会堂的国宴用鱼。鱼在车家滩红火了十来年，由于开发万亩滩，用水多，水面渐渐缩小，盐碱化也日益严重，鱼也悄悄地消失了——这是后话。

打听清楚了，第二天，我借了辆自行车，拿了个布袋，赶往车家滩。车家滩水面有几百亩，远远望去像一面大镜子。到了跟前，我一下子泄了气，把自行车往旁边一放，一屁股坐在了沙地上。整个冰面密密麻麻地布满了人，冰面像被犁翻了一遍，没有翻过的冰面也被人分割占据。人们狠命地刨着冰面，不时会有人为争夺一小块冰面而吵架，甚至推推操操。眼前的情景，使我无法形容当时的沮丧。离我最近的几个人，用镐头在冰面上画了个大圈儿，这就算自己的领地了，然后就没命地刨，还时不时地用警惕的目光瞥我，防范着我这个随时有可能侵占他们领地的不速之客。我敢断定，当时我只要进入他们哪个人的领地，就会遭到沉重的打击。但是我看他们做的都是无用功，一个劲儿地刨，直喘粗气，头上冒着白雾，半天也没见一条鱼。我越看越觉得这很有意思，从心底泛出一丝笑意，感觉到自己的嘴角在上翘，这是一年多来从未有过的感觉，这是嘲笑，是嘲笑他们还是嘲笑我自己？说不清楚。

这时，我听到几声鸟叫，一抬头，看见上空飞着两只白色的大鸟，我长这么大还是头一次见这样的鸟，它们全身洁白，嘴巴尖尖，起落姿态都很优美，受惊时像箭一样射向天空，冲下来时又像流星一样敏捷。此时，那大鸟一只在上空盘旋，另一只则落在已经翻过的大冰块上，用尖嘴不停地啄。出于好奇，我便走过去看，一走近，大鸟惊叫着飞走了。我看见大鸟啄的大冰块上有一个小红点，是血。我举起大冰块猛地一摔，竟然摔出了一条半斤多重的冻鱼！我大喜过望，像哥伦布发现了新大陆一样。我下意识地看看周围的人，他们还在奋力地刨冰，没有人注意到我。我像做贼一样，悄悄地把鱼藏在衣襟下，装作若无其事的样子，在翻过的冰地里转悠，而眼睛却一直盯着那两只大鸟，只要它们在哪里一落，并用嘴不停地啄，我就赶过去，必定有收获。就这样，在不到半天的时间我竟收获了二十多斤鱼。太阳快落山了，刨冰的人已经稀稀拉拉的了，可我的兴致丝毫不减。有了收获，心情好多了，烦恼放在了脑后。夜里做梦，梦的也是白色的大鸟、冰里的冻鱼，而我也一会儿变成了鸟，一会儿变成了鱼……

　　第二天，天一放亮，我又赶到了那里。那两只大鸟还在，一只在上空盘旋，另一只落在了冰面上。我急不可待地跑过去，鸟飞走了，冰面上却空空，连鱼的影子也没有。我明白了：不是鸟落的地方就有鱼，而是鸟不停地啄过的地方才有鱼。

　　尽管我装得再若无其事，但跟踪鸟找鱼的秘密还是被人发现了。这一次，大鸟落在一个年轻人身后刚刚刨过的大冰块上用劲儿地啄，年轻人反身举镐吓了它一下，它惊叫着飞走了。不一会儿，它又盘旋回来，落回原地再啄。我清楚地看到了这一幕，断定那个大冰块里肯定有鱼。过不过去呢？如果过去，那个年轻人必定会发现这个秘密的。鱼的诱惑还是令我走了过去，我举起了大冰块。年轻人疑惑不解地看着我：这人有病？我举着大冰块走了有十几米后才将它摔碎，一条一斤多的大鱼露了出来。回头再看那年轻人，他的目光一直在跟踪我，这时他走过来，看到了我手里的鱼。他倒是没说什么，只是咧嘴傻笑，看看鱼，看看我，又看看天上的大鸟……

从此，我的收益大打折扣。大白鸟也遭了殃，只要一落，就有人跑过去把它轰起，不知道捡没捡到鱼，而逐鸟游戏却方兴未艾。那边二三十人聚到一起，有两个人正在争吵，为了一块大鸟刚落过的冰块，一个说这冰块是他先发现的，另一个说这冰块本是他刨下的，各执一词，吵着吵着还动手了。这时，一个老汉举起这块冰，一摔，里边什么也没有。人们哄笑着散开了，那两个人也呆了。

已经有四五天没去那水面了。天气渐暖，那里的冰开始融化了吧？我待在家里实在闷得慌，心又飞到了那水面上，想再去看看那两只白色的大鸟。于是，我带上了高筒水靴，骑自行车又到了车家滩。草丛里有了积水，冰面上也浮着水。刨鱼的人没有了。那两只白色的大鸟仍然在天空自由自在地飞翔，还不时发出一两声鸣叫，像是唱歌，像是呼唤。

我的眼睛盯着两只大鸟，欣赏着它们卓越的飞行表演。突然一只收紧了翅膀，像箭一样向水里扎下！我的心一紧：是鸟儿自杀？但很快它又从水里钻出来，像箭一样冲到空中。这样的动作，它重复了几次后，另一只大鸟也飞过来，同它一起重复着这个动作。

冰面的水有一尺多深了。我蹚水走过去，到了两只鸟三番五次攻击的地方，只见水里有一黑影，伸手去摸，是一条鱼的脊背，这条鱼半截泡在水里，另半截仍冻在冰里。白色大鸟在高空中竟然能看到水里的鱼，好眼力！此时，水面上只有我，空中有两只大白鸟，我再也用不着伪装，没有人发现我的这个秘密。我只管注视着大鸟的动向，而两只大鸟也像是我驯养的鱼鹰一样，在尽职尽责地为我捕猎。

这时的我，完全沉浸在身心开朗、怡然自得的境界中了，感觉世界并非那么凄凉，苦闷和烦躁烟消云散。我尽情地欣赏着鸟儿的优美翔姿和优雅的跳水动作，而后还有收获。忽然，我自作聪明起来，我想大鸟扎下的地方，水里总有一个黑影，那么，何不自己去找这黑影呢？我就蹚水去找。啊，看到了黑影，伸手一抓，一把枯草；又一黑影，一抓，一把鸟粪！看来还是鸟儿厉害，在那么高的天空，也看得见冰水下的鱼。今天我并非为鱼而来，而是来看鸟，所以没带装具。收获了这么多鱼，用什么装呢？天气暖洋洋的，我就脱下衬衣，扎紧了袖管，扣好扣子，倒过来，把鱼装进去。

正午，太阳暖烘烘的，天空蓝莹莹的，轻风吹过，水面上波光闪闪，滩边已经抹上了淡淡的绿色，天上飞的已不止是那两只大鸟，还有各种的鸟，有的在天上飞，有的在水里游，发出粗细长短的叫声——春天真的来了，眼前是一幅春天的画面，而我，正置身画中。此时的我，悠悠然，飘飘然，身心被感染，被陶醉，进入了一个微醺的境界！

一阵爽风吹来，我清醒了许多。再看那两只大白鸟，还在不倦地表演飞翔和跳水。看着看着，我猛然悟到：它们并非我驯养的鱼鹰，而是我的老师，它们教我：无论环境如何，遭遇怎样，机遇总是有的；只有善于发现机遇、抓住机遇、把握机遇，才会有收获，才会有前途的。

我拿出两条鱼抛在水面上。不一会儿，两只大白鸟飞下来把鱼叼走了。这是我对老师的感谢，也是我向老师缴的微薄的学费。这两只大白鸟到底是什么鸟我没有考究过，但是和我后来到南方见过的鱼鹰不同，管它什么鸟我是心甘情愿拜它为师了。

从车家滩回县城，有三十华里的上坡路。这对一个十七八的后生来说不算什么，驮着一包鱼推着自行车一溜小跑就回去了。那天，我没有骑车，而是推着车子，一步一步地往回走，眼睛看着前方，脑子在思考，品味着种种感受……

这年 8 月，我怀着满腔的热情，报名上山下乡，步入了广阔的天地。

招魂

　　一次到超市购物，我把一张一百元面额的人民币递给售货员。她拿起这张钞票先是用手摸，然后拿起来举在头上对着灯光照，最后又用双手使劲地揉搓。她这一连串的几个动作，使我很不自在，满脸发烧，特别是最后的这一揉，简直像在揉搓我的心，这分明是对我的不信任，怀疑我使假钱，这不是对我人格的侮辱吗？很小的时候我妈妈常说的一句话是，"人要脸树要皮，墙头活的一把泥"，这句话影响了我一生。我是个很要面子的人，现在竟然有人对我的人格产生了怀疑，受得了吗？我正想发作，发现售货员根本没有看我一眼，把验明正身的一百元钞票放在票夹里。随后，我注意到几个用大钞的人也都像对我这样"被走程序"，看来售货员是对物并非对人，我的心情稍稍有所平息，和为贵嘛，这件事也就这样过去了，但偶尔想起时我仍耿耿于怀。

　　后来验钞机应运而生，银行存钱取款都是要经过验钞机，只有这样双方才都心安理得。

　　紧接着弹簧秤卖得火起来，因为购买的东西短斤少两太离谱，在菜市场经常见到手拿弹簧秤的买主和卖主吵得面红耳赤。

　　又一次乘出租车，下车时，我发现没带零钱，大面额的钱司机又找不开，很晚了拿着一张五十元的钞票走了好几家店铺，但店主不是摇头就是摆手，没奈何又转回刚刚问过的商铺。

　　"买点东西可以吗？"

　　看店铺的老汉点点头，我随手拿了一个面包和一瓶水，老汉拿出铁夹里面夹着一沓零钱，足够两百元。不知是肚子真饿了还是借以压抑胸中微微生起的火气，我下意识地撕开塑料袋拿出面包，一看半块面包长了绿毛，这可真成了地道的"绿色食品"，有效期过了近半年。

　　"这能吃吗？"

　　"你扯开了。"

　　"我是扯开了，但它还能吃吗？"

　　"反正你扯开了。"老汉低着头反反复复就是这一句话。

　　"扯开怎么样，那你吃吧，钱，我不要了。"怒而失礼，长这么大，从来没对长辈这样高声地说过话，他一点表情都没有，只是嘟囔着"反正你是撕开了"，找零钱的时候，他点一张钱用嘴往手指上吐一点唾沫，嘴里念叨着"八六十二"竟然多给我找出两块钱，这么大岁数做买卖也真不易，照这样还不赔吗？我抽出多找的两块钱给他放在柜台上，走人。

　　这天夜里我失眠了。

　　常出门的我很少买东西，因此也没少看导游的"黑脸"。不是我抠门、小气，是因为出门在外，上不完的当、受不完的骗、总结不完的教训，尽管这样还是中了招儿。

　　那年，我们一行几人到深圳考察。该回家了，来趟深圳不容易，不给家里人带点儿礼物也说不过去。买，又恐上当。那时就听说有买录音机搬回砖头的。因此，在集贸市场任凭商贩生拉硬拽我也不为所动。过一会儿，来了一个八九岁的小女孩，长得活泼可爱，看上去是那么纯真，"叔叔，这儿的货都是假的，我这儿熟得很，领你们去买真货。"说着就上来拉我的手。

　　于是小女孩领着我们穿过繁杂的人群到了一排简易的商铺，小女孩领着我们转了三四家只有我们到了才开门、开灯的店，满足了我们的购物欲望，把我们身上的钱倾囊掏尽。小姑娘表现真热情，为了感谢这位热心的小朋友，我还提议和她一起留了影。

　　那天围观我们合影的有几十人，我也没留意他们的表情。

　　回家看了展现在眼前的缺尺少寸、粗制滥造的伪劣货，我才想起当时围观我们合影的人们的表情和眼神肯定是在说："北方人傻帽，连南方一个小娃都斗不赢。"

　　家里的、内地的，被骗被宰的事就不说了。在香港经导游介绍给妻子买了一条项链，说是包退、包换又有鉴定证书。回来妻子没戴几个月就成了一个黑铁圈。你能为退一条项链专跑一趟香港吗？这不台湾又发现多种塑化剂产品有毒。衣、食、住、行姑且不说，手机短信不断爆出大腕明星代言、新闻媒体宣传的药是假药，这可是人命关天啊！

回想起这一幕幕：南方、北方、老人、小孩、香港、台湾……这中国人到底咋了，为什么会这样？

真的是把人吓着了。

商品经济的大潮过于凶猛、急速，冲走了国人千百年来传统的仁、义、礼、智、信这些美德，冲刷出了隐藏在人类灵魂深处唯利是图的邪念并泛滥成灾。我想，洪水总是要变清澈的，这是一个必然的过程，中华民族的优良传统仁、义、礼、智、信还要归复，并会发扬光大。

那次我回家乡，碰巧有个在外省工作的中学同学也回来了，惊喜之下，大家很想找个地方好好聚聚。县城也没什么好去处，东道主提议到离化德县城不远属镶黄旗管理的牧区旅游点。一说地点，我立马说好，因为这个地方我去过，而且我家和这家是世交。

在我刚记事的时候，就见有两个穿着蒙古袍的男女，在春天剪羊毛的时候或是在初冬落第一场雪的时候是一定要到我家的。春天他们来卖羊毛，冬天来这里买砖茶、炒米之类准备越冬过年。他们一来，我就能吃上奶豆腐、奶皮、黄油，还有一种比奶豆腐略黑的叫酸酪蛋的奶制品，嚼在嘴里酸得你龇牙咧嘴。他们一来总是赶着一辆两个木轮的勒勒车，脸黑黑的，牙白白的，女的一笑很好看，很温和，男的准要在我鼻子上按一下，女的大部分时间穿一件深蓝色的蒙古袍。有一次她走到院子里的墙角下，一甩袍子蹲下来，起来地上湿了一大片，我笑了：真是方便啊！

由于好奇，他们走到哪儿我就和几个要好的孩子跟到哪儿。到了收羊毛的地方，他们把一袋袋的羊毛，从车上搬到磅上，眼从来不往磅上瞅，也从不问是多少斤？每斤能卖多少钱他们不关心。一秤秤地过完磅，收羊毛的人把一个小票递给他们，他们笑笑，朝着收羊毛人指给的方向把小票递进窗口。一会儿，窗口递出一沓崭新的钱，还有小钱一钢镚，他们也不数，连硬带软，连新带旧一把把地塞进用腰带束着的衣襟里，又冲着给钱的人点点头，笑一笑。然后赶着车到了百货公司，往柜台前一站，一会儿用手指指竹皮的暖水瓶，一会儿指指砖茶、碗筷之类的东西，紧接着就伸手到衣襟里，掏出一把连新带旧的钱都放在柜台上。售货员也不说话看着他们笑，他们也冲着服务员笑。售货员把他们要的东西拿给他们，然后扒拉算盘，从他们堆放在面前的一堆钱里取上几张，又把钱带物推给他们。他们又把钱抓回来塞到衣襟里。笑笑点点头，提着货走了。他们不通汉语，售货员也不会蒙语，我想这时候用不着语言，一个点头、一个微笑足矣。我敢说那时的售货员也绝不会多拿他们一毛钱。这就是一种信任。这幅画面在当时也不怎么显眼，之后这幅画面在我的脑子里不断地萦绕回旋，以至深深刻在我的脑海中，随着时间的推移，它显得越来越宝贵，尤其是在我上当受骗的时候它立马就会浮现。正是由于受到这幅画面的影响，我小时候曾想象过现在超市的情景，不过那幅情境当中没有售货员，在这个超市只要标价，谁拿什么货只要把钱放进钱柜就可以了。这不就省了售货员的工资，现在看来多可笑，我的天啊！

旅游点到了眼前，一排十多间的红瓦房，房顶有好几根电视天线，院子里有汽车、拖拉机和摩托车，旁边还有一台功率不小的风力发电机，房后是牛棚和羊圈，一看便知这家人很富足。

　　下了车，道尔吉认出了我，双手紧握我的手一个劲地摇，嘴里不停地喊："赛白努。"①热情地把客人迎进家，餐桌上早已准备好了手把肉、血肠、奶酪，欢迎仪式也很隆重，还有歌手唱了不少歌。我们热情高涨，很尽兴。酒没少喝，情没少叙，话没少说。

　　返程路上东道主同学问："怎么样，还有点草原的特色吧？"

　　"不错，今天让你破费了，花了多少钱？"

　　"一千多。"

　　"县城一只羊多少钱？"

　　"最多五百多元，烟酒都是自己带的。唉，管他呢，只要咱们弟兄尽兴。"

　　我无言，能高兴起来吗？

　　也可能是酒喝多了的缘故，晚上辗转反侧睡不着，突然我想到八九岁的时候我到县人委大院捡煤渣，被一条大黑狗扑倒在地，人倒没伤着，但吓坏了，以后的几天连续发高烧、说梦话，妈妈拿着两张黄纸在我头上擦擦又脱下我的肚兜到磨道里和井台上叫着我的小名："九子，跟着妈妈回家吧……"

　　我想，一个民族或一个人一旦失去了诚信，就失去了道德，剩下的只是丑恶的灵魂，这是很可悲又可怕的。

　　现在，很需要来一次大的招魂行动，招回迷失的真、善、美的灵魂！

注：① 赛白努是蒙古语，汉语意思是你好。

鼠口夺粮记

　　1962 年，我的家乡可谓风调雨顺，庄稼长势不错，可是人们的肚子还是填不饱，地里长的凡是人能吃的东西都吃了，春夏吃灰菜、沙蓬、车前子、扁珠草，秋冬用莠草籽、山药蔓子压碎掺和着糠皮充饥，吃进去拉不出，吃得人们面黄肌瘦，浑身虚乏。

　　那年一个春天的夜晚，揭天扬地的大黄风抽打着窗户纸"呼嗒""呼嗒"响，走了扇的破门"吱呀""吱呀"叫，一只铁皮桶在院子里被风刮得滚来滚去。我们一家大小八口人，头搭里外地挤睡在不足七平方米的土炕上。我醒了，听见父亲说："再这样下去不行了，得想点儿办法。我见姓任的去年开了一小块荒地种山药，挺管用，咱们也试试吧。"父亲是个树叶掉下怕打了头的人，做出这种决定，说明他的确是万般无奈了。母亲说："你一个人能行？"父亲说："九子已十来岁了，等星期日同我一起去，挖上半分地，多了惹眼……

星期日，父亲从邻家借了把短把铁锹给我，吃了母亲特意为我们做的掺了菜叶的玉米面锅贴，喝了三大碗"瞪眼"米汤，把剩下的三块锅贴当作干粮带上。那个时期我发现父母的饭量都没有我大，尤其是吃莜面、玉米面这些好饭时，他们总是一边欣赏我吃，一边说："半大小子，吃死老子，男孩子正长身体，多吃点儿好。"

从我家往南走出三四里路，翻过一座山在一个较隐蔽的半坡上停下来，父亲先在荒地上挖出一条界线，然后指导我挖，他告诉我铁锹一定要放直了再踩下去，这样才有深度，我力气小不要占得太宽。我照着他指导的方法挖了起来。挖着挖着，我看见父亲挖的面积比我挖的大得多，心里有些着急，就不由自主地把锹放平了些，样子像在铲，也省力。父亲发现了，过来用我的铁锹做了几个示范，说："人哄地皮，地皮哄肚皮。"我照着他示范的挖下去，不大一阵儿，脚也疼、腰也酸、浑身是汗，实在是干不动了，两眼不时地瞄着地头的干粮袋，真像人们说的"干粮干粮，步步思量"。父亲看出了我的心思，就去翻开干粮袋，三块玉米菜饼，父亲一块我两块，我狼吞虎咽地把两块饼子塞进肚里，父亲还有半块攥在手中，笑眯眯地看着我说："你累了，别再挖了。我吃完这点儿饼子再挖些。咱们下星期再来吧。"

我虽然人小，却很要强，没等父亲起身，就拿起铁锹干了起来。开始还是按照父亲指导的挖，挖一阵就觉得这样很费劲，就又把锹放平了些，从外表看和父亲挖的没什么两样。父亲或许已经发现我改变了挖法，但没说什么。太阳快落山了，我们走在了回家的路上。

父亲一只手搭在我的肩膀上，好像要说什么，但欲言又止，看样子对我今天的表现很满意。就这样，连续三个星期天，我们挖出大约有二分地，种上了土豆。

天气由暖变热，星期日我和几个同学到这里玩，捉蚂蚱、逮麻雀、吃酸柳柳，而更关心的是那二分地，关心种下的土豆。土豆出苗了，父亲挖过的地和我挖过的地的土豆苗没什么两样，都整整齐齐的，一个颜色。夏天，下了两场雨后，父亲挖过的地的土豆苗泛深绿色，我挖过的地的土豆苗却显浅黄色。入秋，连着下了几天雨，我家的房子过了水，纸顶棚塌了下来，院子里积满了水，雨点落下泛起了一层密密麻麻的水泡，外面原来硬硬的路，成了一片泥浆。天晴了，太阳暴晒了两天，这是采蘑菇的好时机，我提个篮子上了山，到那小片地去看，父亲挖过的地的土豆蔓子比我挖过的地的土豆蔓子普遍高出一大截，白色的、紫色的、粉色的花绽满枝头，而我翻过的地的土豆蔓子枝细叶黄，花儿稀稀拉拉，毫无生气，一副无精打采的样子……

我心里好难受，那时我还没学过"揠苗助长"的成语，但确实干出了这样的蠢事。没过几天被我拔过的两棵土豆苗都死了，它们深深地刺痛了我的心，我回想起父亲说的话和他的眼神，回想起那天回家的路上父亲的手搭在我的肩膀上欲言又止的神情，领会了他教育我的良苦用心。

终于熬到了收获的时候。父亲翻过的地里土豆秧下的培土咧开了嘴，用手指一抠就抠出个拳头大小的土豆；而我翻过的地里土豆都是些白珠珠、嫩蛋蛋吃起来水啦吧唧的。但是每次用这样的土豆做菜时，母亲总要夸我："男孩不吃十年闲饭……"我羞得抬不起头，我想当时我挖地的情况父亲肯定没有告诉母亲，我很希望他把真相告诉母亲，那样我的心里反倒舒服些。

一天，我和一个同学在山上玩得晚了，太阳落山，月亮升起，眼前景物依稀可辨。路过我们的土豆地，我发现有些小动物在地里活动。我们悄悄走近，看到几只老鼠排成一排，像传球似的传递着什么。再近些，看清楚了，有几个老鼠用前爪刨土豆，刨出的土豆比较小些的，它们借助坡势毫不费力地一个传递一个，比我们踢球时的传球更准确；大些的土豆，连推带滚顺势运走……

我一下子明白了，前几日我对父亲说"咱地里的土豆有人抠过"，父亲说"这年头大家都饿，抠几个算不了什么"。原来是这帮家伙搞的鬼，我们辛辛苦苦提心吊胆种了点保命粮，却被这帮不劳而获的东西偷走，岂能容得？一股愤怒涌上心头，我们立刻直起身子，老鼠们一下子四散窜逃，土豆丢在了地上。我们过去查看，发现地里有一条三指宽的小道，曲曲弯弯通向一个很大的莲针墩的后面，在这里找到了洞口。我们手上没工具，只好用石头封住了洞口，用脚踩实。第二天天还没亮我就拿了把铁锹上了山，被堵住的洞口旁又挖出了新洞口。当时上边号召"除四害"，老鼠是四害之首，盗窃粮食传播疾病，且顽固狡猾，人见人恨，真是"老鼠过街，人人喊打"。我费了九牛二虎之力顺着洞口挖过去，结果一无所获，铁锹把也弄裂了，只好收兵。第三天一早，我又上了山，循着老鼠的新脚印挖下去，这回终于挖到了一个圆圆的地窖，里边放着十五六个匀溜溜的土豆。

　　我把土豆拿回了家，很有一种胜利者的自豪，并绘声绘色地讲述了整个过程。父母像在听一个精彩的故事，父亲说："老鼠窖莜麦、小麦、胡麻我知道，窖土豆还是第一次听说。看来耗子和人一样，是饥不择食了。"到学校，我又和几个要好的同学炫耀此壮举，谁知他们都不以为然，其中一个同学说他哥哥扎黄杠从鼠窖里挖出过一口袋莜麦。我惊奇地睁大了眼，回家后就催父亲给我做探子，用粗钢筋打个尖儿，安个把儿，再缠上些布条儿。同学的哥哥带着我和他弟弟在星期日去收割过的莜麦地、小麦地、胡麻地转悠，在堆放过庄稼、有鼠洞的地方试探，遇到闪空，就开挖，挖了几处，一无所获。当我们感到失望之时，在胡麻地里找到了希望，钢锥扎下去，一闪，在周围扎几下也有同样的感觉，用锹挖了一尺多深，挖出了一窝干干净净的胡麻头，不带一点秆。我脱下夹袄扎住袖口，满满地装了两袖管。

　　有了这次收获，我信心大增，经过多次找鼠窖，经验和技巧也不断提高。老鼠有很多种，各种鼠窖储藏的方法也不同，有的深，有的浅，有的窖在堆庄稼处，有的在地埂上，莲针墩下。鼠洞曲曲弯弯像迷魂阵，上下两层，居室和粮仓分开，还有假鼠道，避难所。精粮窖像是经过人工打磨的很是光滑，粗粮窖就比较简单粗糙。有一种我们当地人叫"斑仓仓"的老鼠，身子短、圆脑袋、圆眼睛，跑起来一滚一滚的，它的两个腮帮子总是鼓鼓的，里边储满了麦粒，随身自带窃粮，命在粮在，既安全又保险。我找鼠窖的最大收获，是一次挖出了十几斤莜麦铃铃，粮很纯。那地已被秋耕过，铁犁没翻出来，可见其埋藏之深。那年秋天，我把扎黄杠当作一件趣事去做，连玩带耍地收获了五六十斤粮食，同时也收获了快乐。

但也有遇险的时候。那次我正弯腰探鼠窖，突然从鼠洞里钻出一只黄鼠狼，连身带尾巴足有半米长。它钻出来后就直奔我的脚面，我的铁棍扎在地下一时拔不出，就抓起铁锹招架。它龇牙咧嘴地把锹头咬得"咯吱"响，我真有些害怕了，我们纠缠了好一阵，直到我的伙伴赶过来，它才停下，但它并不急于逃走，而是满不在乎地凶狠地瞪着我，三步一回头，一扭一扭地走了。它是欺我人小，恨我搅了它的一顿美餐。

后来，我知道了黄鼠狼和蛇、猫头鹰一样，是老鼠的天敌，这些"天敌"现在被人类残害得差不多了。老鼠的猖獗意味着什么，人类确实应该认真地反思一下了。

家乡的莜麦

俗话说："一方水土养一方人"，是很有道理的。南方的榴莲、杧果、荔枝难在北方立足，而北方的莜麦、糜、粟、土豆也不好在南方生长。一种作物适应哪种气候和环境，是物竞天择的结果，人爱吃什么东西，也是祖祖辈辈留下的习惯。

莜麦学名叫"燕麦"是国际上公认的保健品。把莜麦磨成粉就叫莜面。我是吃莜面长大的，对莜面情有独钟。

我的家乡化德县地处人们说的"口外"。"口外"有三件宝：山药、莜面、大皮袄。要说抽烟、喝酒我也有些年头了，如果让我闭上眼睛去品尝，一般说不出它们的品牌和价格，但是让我闭上眼睛吃莜面，肯定能吃出味道的。当年下乡吃派饭，这家只要蒸上莜面，我一进院就闻到了它的香味，而且能说出笼里的莜面的种类：如窝窝、鱼鱼、饨饨、拿糕等，一般是八九不离十。

我们这地方的人都说武川的莜面好，我吃过。让我说，乌兰察布后山地区的莜面也不差，再说武川原来也属于乌兰察布后山地区。至于河北的坝上，山西一些地方的莜面，味道并不纯正；还吃过河北的张北、康保和山西的繁峙等地的莜面，和家乡的莜面相比较，心中自有结论。

莜麦是一种生长在半高寒地区的作物，分布在内蒙古的中西部以及河北的坝上、山西的北部地区。它要求的气候条件高，产量低。过去庄户人种得多，一是因为莜面吃了耐饿；二是它的秸秆可以做饲草。现在人们的温饱问题已解决，耕畜也少了，所以莜麦的种植面积越来越小。秋天，偶尔看到一片较大面积的莜麦会感到惊奇的，那是庄户人专门为留给自己吃而种的，莜面是很少上市的。

莜麦虽然对气候要求高，但它并不娇贵，庄户人很少在大水大肥的水浇地种它，一般都种在贫瘠、干旱的坡梁地或略带盐碱的地上。莜麦的生长期也就是百天左右。农民播下种子，除一次草、松一次土就可以了。它需要的水分也少，只要有三场超过十毫米的适时降雨，就可以获得满意的收成了。

莜麦抗霜冻。家乡农谚：地冻、茬干、车瓦响，疙瘩白（一种圆白菜），莜麦才待长。"春冻圪梁秋冻洼"，是说霜冻在春天冻地势高的作物，而在秋天则冻低洼处的庄稼。莜麦下种晚，能躲过春霜，到秋霜袭来的时候，小麦变白、山药蔓变黑，都停止了生长，而莜麦此时正灌浆哩，你只要挤开莜麦铃铃，看到有奶汁一样的液体，就不要怕，霜冻破坏不了收成。1976年，我在六十顷公社丰满大队蹲点，一天晚上马炸了群，一百多匹马跑到二十多亩大的一块莜麦地，从头到尾吃了个遍。秋天，只好把没收成的莜麦收割回来当饲草。饲养员在铡草时发现了不少很硬的莜麦粒，队长知道后就让社员把这二十多亩的莜麦重新拾掇，结果收获了不少莜麦果实，平均每亩有九十七斤之多！

秋天，像海洋一样掀起绿色或银白色的波浪，最抢眼的是莜麦地。莜麦的秸秆柔软而富有弹性，顶尖的麦穗一层层地挂着莜麦铃铃；秋高气爽，四五级的西北风也叫"上籽风"，麦借风势，扬花受粉，成百上千亩地连成一片，你登高望去，眼前是麦海，汹涌澎湃，波澜壮阔。麦浪的起伏极富节奏感，并发出独特的声响，汇成碧野交响曲，使你心旷神怡、浮想联翩，为你输入无限的激情和能量，就是现在时髦的"正能量"，净化了你的心灵。我特别喜欢家乡的麦海，喜欢麦海的优美、激越的天籁之音。

莜麦地，曾给了我童年的欢乐。那时家里穷，冬天捡煤渣、夏天拔野菜是我的任务。地皮菜、灰菜、沙蓬等人可吃，也可喂猪和兔。相比之下莜麦地里杂草最多，我们几个孩子就盯上了它，趁看田人不留神，便一头扎进去，心怦怦直跳，手却不闲着，顺着垅沟拔去，不大工夫就装满了一口袋野菜。当然也常有意外的惊喜：捡一窝鸟蛋、收几个蘑菇……有时捉一只秋蛉，拔两根莜麦编个小笼子，把它装进去，回家挂在屋檐下，听它"吱吱"地叫，别有一番乐趣。

可能是儿时经常在莜麦地里摸爬滚打，也可能当时粮食短缺，还可能莜面经常吃耐饿，造成了我的味蕾对莜面特别敏感，闻到了莜面的香味，肚子里就像有馋虫爬出嗓眼儿，垂涎欲滴。科学解释说，人十三四岁时是味蕾形成的关键时期，这时常吃的食物就成了他一生喜欢的食物。至今，我忘不了在十二三岁时的一幕，我背着一麻袋杂草，两只胳膊发麻，又累又饿，好不容易爬到了山梁上，卸下麻袋，抹一下满头的汗水，望着三四里路远的家，心中忽然萌生了一个念头：到家后如果能吃上一顿莜面窝窝蘸醋该多好啊！现在我也弄不懂，在当时饿极之时，为什么首先渴望吃的竟是莜面而不是别的？在那个时候吃一顿莜面并不容易，就是现在要吃上一顿地地道道的莜面也不简单。

首先，莜麦的脱粒就是难事，比小麦和稻米的脱粒难得多。莜麦的麦粒裹着一层细细的绒毛，脱粒时绒毛四散飞扬，脱粒的人戴着口罩，裤腿袖口扎得严严实实，但还是挡不住绒毛的侵袭，接触到皮肤感到奇痒难耐，钻进眼睛刺激流泪，继而红肿。其次，脱下的麦粒，要磨成面粉，还必须经过淘洗、擦干和烘炒。炒莜麦的人不仅技术过硬，还要耐得住瘙痒，加热的莜麦的绒毛对人体的侵袭比脱粒时还歹毒，炒一次莜麦就等于得一场皮肤病！

莜麦炒好了，且磨成了面，但要吃到嘴里还要经过三生三熟的过程：炒得发黄的莜麦抓一把就能吃，和麻籽混在一起嚼就更有味道；炒熟的莜麦磨成面粉，就不能吃了，这叫生莜面，把生莜面放在碗里，加点盐或糖，用滚烫的开水一冲，就成了味道极佳的莜面糊，可直接饮用，营养丰富，燕麦片和它是一种东西；如果把烫过的莜面揉成团儿，它又变成生的了，不能直接食用了，必须做成莜面制品上笼蒸或下水煮后才又熟了，又能吃了。你说这东西怪不怪？

要想吃到莜面的上品，那就更不容易了。我们这地方过去相亲考察女方是否心灵手巧，搓莜面成了重要一关，巧女推出的窝窝壁薄如纸，蜂窝排列，令人赏心悦目。两只手背各放一面团，同时能搓出八根细鱼鱼，只见两只玉手左右交错，上下翻飞，龙舞蛇窜，让人拍案叫绝。这哪里是搓莜面，分明是制造工艺品哩！莜面的做法很多，有几十种，它和土豆是天作之合，不但能搭配，还能混合，其种类就更多了。

吃莜面须得有个好胃口，因为莜面"好吃难消化"，当地人说"莜面要吃半饱，喝点水正好"，是多年来总结出的经验。纯莜面是蘸着汤吃的，有肉汤、菜汤、蘑菇汤，按自己的口味调酸、甜、苦、辣。没吃过莜面的南方人吃了也说好，有位广东的朋友第一次吃莜面，吃香了，我劝他少吃点，他说："没关系，这东西好吃、对味儿。"结果晚上肚子胀得睡不着觉，在宾馆的走廊遛了一夜。第二天，他见了我说："你们内蒙的莜面比酒更厉害！"

莜面是一种保健食品，它富含人体必需的有益元素，尤其适宜高血压、高血脂和高血糖的人群食用，这是经过医学、药学和食品学部门的专家多方论证得出的结论。荞面是许多国家推崇的保健食品，凡是产荞面的地方都产莜面，莜面的营养价值并不比荞面逊色，而外人只知荞面而不知莜面，真可叹也！

莜面单产不高，生长不易；莜面的加工和制作那么复杂，对人体的保健作用又是那么明显，但它的价格为什么一直上不去呢？我曾做过一些粗浅的调查——

在 20 世纪 70 年代前，就我家乡而言莜麦的种植面积大大超过小麦和杂粮。当地有句俗话："五十里的莜面四十里的糕，三十里的荞面饿断腰。"说明了莜面的耐饿、实惠。加上莜麦的秸秆是牲畜的优质饲草，那时的庄户人每家都养着几头牲畜。在那个只求吃饱的年代，莜麦以它的实用性得到了大面积种植。"物以稀为贵"，多了就不值钱了，当时一斤白面一角四分钱，而一斤莜面只有九分钱。

"谷贱伤农"农民种植莜麦的积极性日渐低落，加上农业机械化，庄户人养的牲畜也越来越少了，作为饲草的莜麦秸秆利用率也大幅度下降，于是莜麦的种植面积逐年减少。当地人吃惯了莜面，知道莜麦的"好"，偶有种植，只为自食，不上市的。莜麦产区的人们大都商品意识淡薄，他们不知道本地区什么是特产，总认为莜面上不了"台面"。招待南方客人，宁肯花大钱吃并不新鲜的海产品，也不肯把莜面等特色食品摆上餐桌。食品的优劣，经过品尝才知道，你不拿出来让别人品尝，怎么推广？看看南方人即使在乡村集市，也可以见到卖的东西五花八门，像豆苗、瓜秧之类，说是"天然""绿色"的，价钱当然不菲。

莜面的腿短，还有个误区，不知什么时候，不知什么人，不知出于什么目的，造了一种舆论，说莜面在南方蒸不熟、水不行，害的很多在南方工作、生活的老乡想吃莜面而吃不到。我的两个女儿一个在广州，另一个在青岛，都已成家立业。她们也爱吃莜面，开始她们相信那种舆论，从老家带些莜面总要捎带一大桶水，上下车特费力气。后来经过大胆实践，认定水没有问题，只是两地海拔不同，蒸莜面所用的时间不同而已，比如说，在家乡蒸莜面需十分钟，而在沿海地区仅需五六分钟就可以了。我的一位好友在广东东莞办了一个厂，从家乡带去不少人。他每年都要从家乡运去几千斤莜面供大家食用。我在他的食堂吃过，莜面很正宗。现在，我发现南方的大中型城市有莜面在餐馆露脸，且有涌现之趋势。好的东西，人们终究会认识的，莜面的价格应高于白面和大米。价格高了，种植的也就多了。我相信，随着饮食文化的发展和人们生活品位的提高，莜面不但要登上大雅之堂，而且还能作为一种高档保健食品红遍大江南北遍及世界各地。

到那时候，如果你光临秋天的莜麦田，望着滚滚麦浪，听着麦浪涛声，时而汹涌澎湃，时而如泣如诉，对你的身心会是怎样的荡涤和洗礼？会让你心情更踏实、心绪更飞扬！

奶豆腐与油炸糕

奶豆腐是牧民的食品，油炸糕是农民的食品。这两样食品都是很普通的，我们这里的人们大都吃过。我最难忘的是那次吃白毡包上的奶豆腐，还有乡村那又好吃又大的油炸糕，吃得那么耐人寻味，那情那景深深地留在了我的记忆里。

1967 年，化德县归锡林郭勒盟管辖。那一次县里组织我们二十多人去锡林浩特"声援"革命派。任务完成后，当地派一辆卡车送我们回来。这是一辆破旧的"解放"，一路上不是这儿出了故障就是那儿出了问题，走走停停，停停走走，这不，水箱开了锅，冒出白腾腾的热气，车拉人变成了人推车。

太阳开始偏西。夏季的草原风光迷人，湛蓝的天空飘着几朵有立体感的白云，不时有雄鹰掠过，草原碧绿，散布着星星点点的牛马羊，各种鸟儿愉快地唱着歌……我们哪还有欣赏美景的心情？焦

急的情绪包围着每一个人。"看，那儿有个蒙古包，"司机喜形于色，
"咱这车的水箱干了，你们去打桶水来。"说着，把一只旧铁桶递
给了我们这些人。

我们七八个人朝那白色的蒙古包走去。快接近毡包时，一条黄
狗迎面跑了过来，朝我们"汪汪"地叫，我们快到它跟前了，它不
叫了，不停地摇着尾巴，两眼疑惑地盯着我们，一会儿，转身向毡
包跑去——这是一只"迎宾狗"，我们紧张的心松弛了下来。这时，
从毡包里钻出一个四十岁左右的女人，她穿着褪了色的蓝色蒙古袍，
紫红的脸上堆满了笑容。她知道了我们的来意后，立刻热情地提着
一只用轮胎做的吊桶，向井口走去。我们中有两个人拎着铁桶跟在
她后面，剩下的人就站在毡包旁等，打量着周围的景物，我们的视
线几乎同时射向了白毡包顶上，有不少奶豆腐晾晒在那里。大家都
饥肠辘辘，情不自禁地咽着口水。突然两个年岁小一点的孩子跑到
了毡包的后面，几分钟后返了回来，衣服口袋鼓了起来。我正想询问，
耳边传来马蹄声，有人骑着马从毡包后跑过来，马上的人肯定看到
了他俩刚才不光彩的举动，我想这下可坏了，丢人哪！我的脸热辣
辣地，替这两个孩子害臊。马到了毡包前，一个矫健的男子从马背
上一跃而下，很利落地把马拴到了马桩上，然后向我们一挥手："赛
白努！"我们懂得这是向我们问候"你好"，接着掀起毡包的门帘
把我们往里让，看来这是他的家。他见我们都进了包，就热情地让座，
忙着给我们倒奶茶，并把奶豆腐、奶皮子、黄油、炒米都拿了出来，
摆满一小桌，嘴里不停地让着"吃、吃，喝、喝……"我们越发不
好意思，那两个小孩的脸一会儿红一会儿白，他们互递个眼色，走

了出去，回来后，衣服口袋都瘪了。

打水的人也回来了，女人把他们让进了蒙古包。当男人知道了我们的来意后，就说，"你们先在这里坐着吃喝，我再去弄个桶，用马子把水给你们送去。"大家极力推辞，可他已经穿上靴子走了。大家你看我我看你，一个个的眼圈都红了。

在牧人的帮助下，汽车水的问题解决了，汽车发动起来，大家重新坐到了车上。我们远远地看到，那穿蓝色蒙古袍的女人在向我们挥手，那只黄狗摇着尾巴跑过来，那离去的牧人又骑着马飞快地跑来，一扬手把一包东西扔到车上，然后掉头而回。啊，这是一包奶豆腐！没去蒙古包的人高兴地说着，抢着吃着，而我们七八个人一脸阴沉，满眼热泪，缓缓地向牧人的背影挥手

现在回想起来，最后悔的是当时过于感动，连牧人的名字也未问，更没说一句感谢的话，然而，那身手矫健的牧人、那热情的女人、那摇尾巴的黄狗的形象已永远地刻印在我的脑幕上—草原牧人，心胸像草原一样宽广！

吃奶豆腐的故事发生在草原上，而吃油炸糕的故事则发生在乡村里——

那年知识青年下乡插队，我被安置在公腊胡洞公社一个叫白音尔计的村子里。秋天，农民们收完集体的庄稼，就忙着收自留地的庄稼，由于人手少，经常会找人帮工。当时我刚刚学会了打连枷，虽然是个力气活，但我觉得好玩，乐意去干，另外给谁家帮工还少不了一顿油炸糕哩。

这天轮到给村西头姓孙的一家帮工。吃饭时，端上来的油炸糕

分外的大，足有别人家的两个大。早听说这户人家从口里出来没几年，人勤快，会过日子，就是有点小气。你看，弄这么大的糕，为省油？究竟是糕大省油还是糕小省油谁也没认证过，不过我们年轻气盛爱起哄：你不为省油么？那我们就多吃几个。我的饭量算是大的，像这么大的糕，有四五个就饱了，而这一顿我却吃了七八个。不知谁出的点子，还来个"中场休息"，两个人占着饭桌，另外两个人到外面打连枷，打一阵儿回来再吃，互相轮换着。就这样，人家做的七八个人的油炸糕，被我们四个愣头青吃光了，他们只好另起炉灶做莜面吃。我们心中暗喜，一个个挺着八戒肚，好像取得了什么胜利似的。

两天后，那姓孙的农民来到了知青点，两手捧一个大面盆，上面用笼布苫着，揭开，里面是和那天吃的一样大的黄灿灿的炸起脆泡的油炸糕，中间还放着满满一碗炒鸡蛋！

"来，快趁热吃，高（糕）高大大的好，身大力不亏嘛！"他把糕盆放到了炕上，从兜里掏出个小纸条，又捏出一撮烟叶，两三下就卷成了一支烟，点着，开始喷云吐雾。我们一个个都呆在了那儿，都忘了吃糕了。我透过烟雾，看到了他那健康憨厚的脸上挂着微笑，而那微笑里分明含着真诚和关爱——乡村农民，胸怀像土地一样浑厚！

一次吃奶豆腐，一次吃油炸糕，两次都十分耐人寻味，让我从心底产生了对农牧民的深深的热爱和敬意。从那时起我的情感与他们靠近，交融，我愿和他们交心，沟通思想，爱打听他们中发生的事，想知道每个时期他们在想些什么。普通的农牧民，在车站、在码头，

▲　牧区的蒙古包和勒勒车

他们夹在人流中，来去匆匆，衣着土气，旅行包破旧，目光深沉，有的背有些驼，那是太多太重的生活承载的见证……

我是农民的儿子。虽然后来不是农民了，但我忘不了农民，理解农民，同情农民。我这人不爱打架，但是为了农民我真的出手打过人，当然那时我还年轻。

我当知青时，一次到太仆寺旗修公路，回来时，坐的是卡车。中途，停了车，司机说半个小时后发车，大家可以利用这个时间吃饭或方便。大概过去了半个小时，司机发动车就走，大家发现有个姓陈的五十多岁的农民还没回来，劝司机再等几分钟，司机不答应，车开了。我们都看到那老汉追了过来，一边跑一边喊。大家就敲驾驶室，喊着让司机停车。因为那老汉的行李就在车上，把他扔在这里怎么办？司机不但不听，而且车开得更快了，我气极了热血直往上涌，蹿到前边用拳头猛砸驾驶室，以致把驾驶室顶部砸了个坑。司机摇下玻璃探出身大骂，我乘机一把揪住他的胳膊，并举起另一只拳头。司机停了车。那老汉气喘吁吁地跑过来，爬上了车。可司机却下了车，说不走了，必须让我给他道歉。在路上纠缠了两个多小时，到最后我也没向他道什么歉。

另一次，我搭一辆顺风车从集宁回化德，途经大六号公社时，发现农民把汽车路当了场面，把小麦、糜、粟铺在汽车路上，让车碾压。当然这样做不好，容易让车出危险。我这回坐在驾驶室里，驾驶室还有一个人。司机很不高兴，一边按喇叭一边骂。前方有一男一女可能是两口子，正在往口袋装粟子，汽车路的半边堆了一堆又一堆红闪闪的粟子。这时，车完全可以往外打一打，从路的另半边通过；可是司机没这么做，一边按喇叭，一边加大油门冲了过去。人吓得躲开了，而粟子像溅起两股浪花向外泼去，路外是沟，沟里还有水。此时，我升起一股无名怒火，拳头打在了司机的胸口上。司机受到了袭击，方向盘没把稳，东扭西扭差点儿栽进沟里。"你干什么？"他停了车，两眼凶凶地瞪着我："你干什么？"我两拳紧握，狠狠瞪着他。他不拉我了，我也不想坐他的车了，坐在驾驶室的另一个人出来和了半天稀泥。才勉强走完了那段路。

我不敢说我这两次举动是正确的，只能说那是我情不自禁的所作所为。也是吃过牧民奶豆腐和农民的油炸糕的情结吧。

莜面情结

　　大概在上小学三四年级的时候，有一天，我们几个孩子到一个叫李和的同学家玩，见到他家有本发了黄的线装书，书皮上写着：《中指同身寸法》，出于好奇，我们按照书中所述，每个人都用线量量自己的手指长度，然后与书中的文字对照，我对出四句话："平生衣食苦中求，独坐安荣事不休，离家事业移外处，晚年安乐自无愁。"当年我并不理解其中寓意，还是把这四句话深深记住了。

　　一晃五十年过去了，退休了，到了人生的秋天。本该含饴弄孙，颐养天年了，可我的心总是静不下来，总觉得自己还应该做点什么，尤其是临近退休的一两年想这个问题更多些。和我有同样想法的大有人在，于是，几个不安分守己的老家伙凑到一起，竟鬼使神差地跑到广西和湖南的交界处，做起了我们自认为喜欢和应该做的事！

　　做事，并不那么容易，自然会有许多艰难与困苦，对于这些我们早就有了思想准备，因此在山上的塑料布棚中熬过了四十多天，烈日晒、蚊虫咬、喝着泉水，这就叫自讨苦吃。然而我们都没向家人诉苦，家里人每每打电话来，我们都说"不错，很不错"，因为我们几个老家伙出来的时候，老伴和孩子们大都不同意："钱够花，觉够睡，瞎折腾个啥！"

就在我们刚刚搬进活动板房的时候，女儿来电话，我很高兴地告诉她我们已住进了活动板房。对于我来说，从塑料布棚搬到了活动板房，条件改善了不少，兴奋之情自是溢于言表，也想让孩子分享一下我的快乐。可是，从电话里并未感到对方的兴奋，她话语断断续续，似在哽咽。后来才知道，他们姐弟在得知我的近况后，说他们在青岛、广州、呼市都住着楼房，而六十多岁的老爸住进板房还高兴成那样，可想而知我肯定受了不少苦，怎么能不难过呢？于是大女儿和二女儿商量，要在中秋和国庆放假期间来看望我。起程之前，来电话问我需要什么，我说什么也不需要。通话最后，她们执意要给我拿一袋莜面，并且捎带上做莜面的工具。我知道，大女儿的莜面是她妈从内蒙古拿到青岛的，她又要从青岛拿到我这儿。我这里交通不便，负重进山是很难的。可是她们执意要这样做，因为她们都知道老爸爱吃莜面。

莜面，是莜麦磨成的面粉，莜麦是西北高寒地区一种特有的农作物，单产不高。大城市超市里卖的燕麦片，就是以它为原料加工而成的，价格不菲，这种食品具有降血脂、降血糖、降血压等保健作用。莜面变成熟食品，要经过三生三熟的过程。把莜麦炒熟就可以直接放进嘴里吃；但是把炒好的莜麦磨成面粉就不能直接吃了，把莜面用开水一冲，放点盐或糖就可以喝莜面糊糊；但是把开水冲过的莜面团揉在一起，搓成鱼鱼或推成窝窝，就又不能生吃了，须上笼蒸熟才能吃。在莜麦产区，莜面是老百姓家的主食，它好吃，耐饿，可要吃上一顿讲究的莜面，还真不是一件简单的事。

在国家三年困难时期，我刚刚十岁。春天，我背着一麻袋夹着土的草末，从山上回家，麻袋很沉，绳子勒得我两臂发麻，好不容易才爬上山，又累又饿，坐在山顶，当时想的第一件事，就是回到家里美美地吃上一顿莜面鱼鱼蘸醋，但在那个年月是根本不可能的。上了初中，学校离家十五里路，我住校。每逢星期日回家，返校时，母亲总要给我带点儿炒面，"拿上吧，饿的时候垫补垫补"。这一点点炒面，我视为珍宝，把它藏在宿舍的铺盖卷里，饿得实在挺不住了，才拿出来和几个要好的同学分享。炒面有一种很清香的气味，一般人对这种气味都很敏感，因此，有时还未来得及将它珍藏就被

▲　这些莜面种类都适合我的口味

分抢了。那几天，肚子饿得"咕咕"叫，有几个星期没回家了，断了"垫补"，可鼻子总能闻到一股清香，那是诱人的炒面气味。很快，通过侦察发现有人藏着炒面吃"独食"，平时他总吃别人的，自己的却从来不给别人吃。我们几个同学很生气，便恶作剧地把他珍藏的莜面偷吃了，还把包裹故意扔在宿舍门口，那个同学看见了，知道发生了什么事，满脸通红，但也不敢言声。这件事，至今我还记忆犹新，心里总不是个滋味。

我有个在呼市工作的朋友，是乌盟人，爱吃莜面。他每次来我家，都是自己动手做莜面。我在内蒙财经学院读书时，有一个星期天他专门邀我去他家吃莜面，并让我再邀上几个同学一块去。他和他爱人确实下了一番功夫，莜面做得很精细，一般高的窝窝，均匀细长的鱼鱼，简直是些工艺品！上锅蒸，揭锅一看，过火了，窝窝成了莜面饼。又一个星期天，他又专门请我们几个去他家，这回又欠了火候，莜面夹生了。莜面夹生了，再要蒸熟是很难的。他是吃莜面的行家，两次莜面没做好很是不好意思，自我解嘲道："有些事，越是拿心越做不好……"

莜面的吃法很多，能做出几十个花样，莜面窝窝、鱼鱼、饨饨、馈垒、拿糕……母亲做得一手好莜面，在两个手背上放两块莜面，便有八条细丝丝顺指缝流出，柔软、均匀，像纺织机纺出的绒线。搓莜面可以对着搓，也可以两手交叉搓，十几个人的饭，抽一支烟的工夫就做好了。在外地工作的我，回到家里，总要吃母亲亲手做的莜面。有时朋友、同学请吃饭，顾不上回家，母亲也总是把莜面照例做好，烩上菜，还蒸上沙沙的山药，等我回家吃。后来，母亲年纪大了，搓莜面鱼鱼有些力不从心了，搓的鱼鱼有时断了接、接了断、再接，尽管这样她还坚持搓，因为儿子爱吃。后来，我就说不想吃鱼鱼了，想吃窝窝。可是推窝窝的莜面也是开水和的，用滚烫的开水和，烫的她两手通红。再后来，我就说不想吃窝窝了，想吃馈垒……反正是莜面我都爱吃，母亲做的家乡莜面我更爱吃。可能是受我的影响，几个孩子也都爱吃莜面。大女儿每次从青岛回来探亲，走时她妈总要给她带些莜面，还要带上一塑料桶水，里边掺些当地的土。回去后用过滤好的水和面，莜面才能蒸熟，后来发现用青岛的水和面也能蒸熟，只不过面要和得硬些，蒸的时间短些罢了。从此，我和老伴到青岛，总要随身带些莜面，在异乡随时可吃上家乡的莜面了……

我的两个女儿真的来看望我了。她们同在广州创业的两个朋友乘车赶到了全州。因为走错了路，车到山下已是晚上十点多钟。山路险滑，又有大雾，车到半山腰停下了，她们只好步行连夜进深山了。朋友带了两盒佛山特产双黄蛋月饼，而两个女儿则将一袋莜面和做莜面的工具带上了山。

第二天，两个女儿看了我们工作和生活的环境，眼圈都红了。我的朋友说："孩子们，你爸给你们的最大的财富是精神财富。"她们无语，只是点头。正午时分，她们用南国的天然泉水和着家乡的莜面，麻利地用做莜面的工具一会儿就压出了两笼细细的鱼鱼，蒸熟了，大家吃得津津有味，就连两个广西人也说真好吃。

此时，我敢说谁也品不出我嘴里莜面的味道，我看着两个懂事的孩子，用心品味着这代代相传的莜面情结……

就这样，我俩换了工种，由挖砂工变为牧马人。

开头一两天，我们还真的费了不少劲儿，到第三天就摸出了些门道，马儿干了一天活儿，饿极了，见草就要吃，你不让它吃不行；吃饱了它就要活动，你制止不了，不能强制，只能因势利导。我们观察，这二十几匹马中，那大黑马和"白玉点"似乎是头儿，最能捣乱，它们到哪儿别的马就跟到哪儿。"白玉点"浑身黄色，四个蹄腕是白的，脑门儿正中有铜钱大的一点白，很健壮、很精神。我试着接近它，它开始见我就躲，鼻子喷粗气，很不友好。马儿吃草一般都是逆风而上，我就有意到"白玉点"的上风头坐着等它。一般情形都是它吃过来到我跟前就绕开了。终于有一回，它没绕开，而是用鼻子闻我的臭脚，我顺手摸了摸它脑门儿上的白玉点，它不仅没躲闪，还在我身上蹭了蹭，我心花怒放—要交这朋友是多么不容易啊！很快，魏永清也和大黑马交上了朋友。

每天收工回来，"白玉点"挣脱缰绳就向我跑来。如果我有事做，它就耐心地等我。办完事，我和魏永清拉着两匹马走向夜幕，后面跟着一群马。

"白玉点"有着超强的组织和领导能力，就连比它高大的大黑马也看它的眼色行事。这二十多匹马不是一个村的，它们相处的时间并不长，但在很短的时间里它们便建立起一种潜规则，一套新秩序。人服人不容易，马服马也很难，有的马向"白玉点"挑衅，战斗开始了，马蹄腾空，引颈嘶鸣，踢咬相加，最终还是"白玉点"占了上风。"白玉点"很懂得软硬兼施，该动武的动武，该安抚的安抚，它会用舌头舔另一匹马，给它梳理皮毛。我关注着"白玉点"的一举一动，越看觉得它越可爱，在茫茫旷野，有这么一个朋友，也多少给我孤寂的心以安慰。我觉得和"白玉点"的友谊是一种缘分。当时，人吃尚不足量，而我还是要省下一点，捏在手心里喂给它。它呢，也懂得照顾我，那天夜里，雷雨交加，我的夜盲症使我两眼一抹黑，就在我将掉进水坑时，是"白玉点"叼住了我的肩头，几天来肩头一直隐隐作痛。

夜，静谧。天空，晴朗。我把雨衣铺在草地上儿，枕着棉袄，放松地躺下，望着皎洁的月亮和闪闪的星星，听着马们漫步和打喷嚏的声音，闻着青草和鲜花的幽香，我陶醉了。不知怎的，我突然想家了，思乡之情竟油然而生……

"白玉点"来了，它吃饱了，过来用嘴叼我的衣领，硬把我拉起来，它可能觉得这么好的夜晚，这么美丽的草原，这么明亮的月光，应当散步游览，不然会后悔的。我跟着"白玉点"往前走，马儿跟着我们走。马有四条腿，人是跟不上的。眼看天快亮了，我们离驻地很远，若不及时回去，误了出车，岂不是和那两个牧马人一样了！我很着急，真想用鞭子抽它，可我不能，我知道它吃软不吃硬，只好来软的，抚摸它，引导它，好不容易理顺了它和大黑马，终于回到了驻地，没误事。

俗话说"人饥不择食，马饱不易牧"，我和魏永清采取了新的措施：把马在夜里圈一段时间。

和往常一样，开始还是任凭马儿吃草。当它们吃圆了肚子抬起头东张西望之时，我们便拉着"白玉点"和大黑马"闲逛"，别的马自然跟在后面。我们翻过一个小山包，"逛"向圜圌，在入口处，"白玉点"和大黑马迟疑了一下，但还是跟我们走了进去。待马儿都进去后，我们立即把圆木杆插到石柱孔里，并用事先准备的绳子固定。"白玉点"和大黑马一下子就明白了这是怎么回事，冲到圈门口，把前蹄搭在栏杆上，又踢又咬，但无济于事，接着又沿着圐圙转圈儿，想找到突围的缺口，看着出不去，就用蹄子刨地，折腾了好一阵，筋疲力尽了，才安静了下来。我们在圐圙外一直观察着马儿，一夜不敢离开。待东方泛了红，草原涂上了金色，露珠儿在草尖花瓣上闪闪发光之时，我们去打开栏杆，马儿"轰"地挤出圈门，我见"白玉点"过圈门时还歪头盯了我一眼。接着，马儿们边吃草边往回走，等它们吃饱了，也走到套车的地方了—我们圆满地完成了任务。

　　这一措施的成功实施，为我们放夜马开了个好头儿。"白玉点"心胸开阔，通情达理，若不是它的配合，我们的措施实施得也不会这么顺利。每天收工后，它就在食堂附近等我。我吃完晚饭，它也来到门口。我就把一小把玉米或莜麦喂给它。食物不多，真正的君子之交。车老板忌妒，一边梳理"白玉点"身上的毛，一边深情地说："这可是一匹好马呀，可惜现在拉车了，真把它糟塌了。它原来是我们公社书记的骑马，脚力好，又善解人意。那年在化德县和镶黄旗举行的赛马会上得了头奖。去年军管了，书记靠边站了，把这马下放到了我们生产队，那会儿它可遭了罪，瘦骨嶙峋，走路直打晃，宝马，可惜生不逢时啊！"

　　马好放了，我们工作也渐渐有了规律：太阳快落山的时候，我们把马赶到水草最好的地方，它们吃饱后，就由"白玉点"和大黑马引领着到圐圙，我们拴好栏杆，就可以回去睡上一两个小时，枕头旁放个小闹钟，凌晨四点准时起来，到圐圙打开圈门，马儿出来一边吃草一边走，到驻地后它们个个腰肥肚圆，准时驾车上工。车倌们夸我们，老陈铁青的脸也有了笑容，别看他脸黑，却长了一口洁白整齐的牙齿，一笑白牙露出，别有一番美，怪不得人说他们村里有个小寡妇很喜欢他哩。

工作轻松了，生活也快乐了，且生出了一些新的花样儿。草原上有种动物叫黄鼠，"天鹅、地鹬、鸽子、黄鼠"被当地人称为四大美味。你站在高处往下看，就会发现东一只西一只黄鼠立着身子四处张望，人一走过去，它们就钻进洞里，如果用锹挖，它洞连洞，不知钻到哪里，费了半天劲儿也挖不到。人们又发明了水灌法，把水灌进洞里，等一会儿它就露出头来，两手用劲儿一掐，一只黄鼠就到手了。白天，我和魏永清睡点儿觉后就没事了，于是抬一大桶水或拉上水车去灌黄鼠，每天收获颇丰。给我们做饭的老梁，很会拾掇黄鼠，他教我们用黄鼠爪子剖开它的肚子，掏出内脏，洗净，放进些盐、花椒、葱段等，把洗净的心肝也塞到肚里，再把它团成球状，然后用火烧，一层牛粪一层黄鼠垒起来，点着火，很快一股诱人的香味便飘散开来。第一次吃烤黄鼠，我有点不敢下口，看到别人吃得那么香，就想尝尝，吃了第一口后就欲罢不能了。这时，收工的人们陆续回来了，用不着让，都伸手抢着吃，顾不得烫手顾不得溅油，你一只我一只，大呼小叫，很是热闹。老梁对我说："你不是有夜盲症么，吃了黄鼠的肝，慢慢就会好的。"果不其然，每天吃黄鼠我都不忘吃肝，过了一段时间，奇迹出现了，像患近视眼的人配上了眼镜，眼前景物清晰了很多，啊，草原的夜景真是太美了：在皎洁的月光下，清风徐徐，鲜嫩的青草，各式各色的花儿，"白玉点"引领着马群，摇着尾巴，悠闲地吃着草……

三个多月过去了，修路的任务如期完工。我们被汽车送回知青点，"白玉点"拉着车回了村。从此一别，再无音讯。在离别的前一天晚上，我没有放马。我枕着铺盖卷儿，一夜没合眼。照理说我应该去和"白玉点"道个别，可我没那个勇气。第二天，当"白玉点"驾车离开之际，我分明看见它东张西望，似想见见我？我没有勇气走到它面前，看见它的表情，我柔肠寸断，鼻子一酸，眼泪在眼眶里打转转……

回到知青点，经常回忆起修路三个多月的生活。几十年过去了，至今我还忘不了那放夜马的情形，"白玉点"的形象还历历在目。

顺便交代一下，那年秋旱，我们落户的白音尔计大队秋后一个工分值只有八分钱，正好能买张邮票。

▲ 1988 年和星火服装厂厂长贾德珍出席广交会

▼ 1988 年招商引资接待北京客人留影

1995 出任电子
集团总经理。
领导班子成员
开会

1996 年 陪 康
佳销售公司陈
经理到察右后
旗考察。

化 德 一 中
二十二班同
学合影

内蒙古自治区党委
书记刘朋祖到乌盟
无线电厂考察，我
作了汇报。在这次
会上刘书记说："乌
盟的电子行业已经
成了气候。"

在乌盟经贸总公司工作期间，和班
子成员参观产品展览

在乌盟审计局工作期间，随自治区审计厅组
织的考察团到美国考察，和美国友人合影

2001 年，在美国考
察期间和美国友人
合影

蜂怒

蜜蜂，这可爱的小生灵，它漂亮、勤劳、勇敢、智慧，并有严谨的组织纪律性。它为花授粉促进果实成熟；它建房筑窝，那样式、那质量堪称时尚、堪称艺术，而绝非人间的"豆腐渣工程"。

我喜欢蜜蜂，视蜜蜂为朋友。可是，在三十多年前，我却受到了蜜蜂的惩罚。

在1976年8月的一天，我在化德县乡下"蹲点"。教我开车的孟师傅来电话，告诉我他从集宁拉了一车蜜蜂，要到白旗去转场，邀我到草原上玩一天。我欣然同意了，他想我，我也想他。这时的草原很美，玩一天定会开心的。

我刚刚赶到汽车路边，孟师傅开车就过来了，是一辆"解放"。驾驶室里除了孟师傅，还有一个养蜂的人，经孟师傅介绍，我知道他姓王，车上的一百多箱蜜蜂都是他的。蜜蜂靠采花酿蜜，哪里花多就迁到哪里，此时油菜花大都谢了，他们就从农田迁到草原，是奔苜蓿花去的。

草原的 8 月最美，蓝蓝的天空，碧绿的草地、满目的鲜花，清风送爽，牛羊嬉戏，百灵歌唱……

天气实在是太热了，三个壮汉憋在一个小小的驾驶室里，浑身是汗，真受不了。养蜂人用手背抹了一把脸上的汗水，首先提出要到车上边去坐，省得三人都受罪。我心里很是过意不去，是我填进了驾驶室，才造成了这"拥挤"的局面。我说还是我上去吧，养蜂人坚持他上去，争执了好一会儿，最后，还是我俩一同上去。孟师傅安顿我们"注意安全"后，就又开车前行。

车上边比驾驶室是凉快多了。姓王的很健谈，天南地北、陈芝麻烂谷子，不知道说了些啥。我想，他一年四季背井离乡，到哪里都住在野外，搭个帐篷安个灶，一天和蜜蜂为伴，有话和谁去交流沟通？

我没在意听他说话，并不是不想听，更不是不尊重人家，主要是左顾右盼地盯着从蜂箱里蹿出跟着汽车跑的几十只蜜蜂，它们一直在我眼前晃来晃去，有的还不客气地落在我的胳膊上，我感到痒痒的。

姓王的笑了笑："别怕，它们不会蜇你，你可千万别拍它。"

他接着说他养蜜蜂有五六个年头了，对蜜蜂的习性很熟悉了，蜜蜂是轻易不蜇人的，蜇了它自己也会死去；蜜蜂落在你身上，并非要攻击你，而是要采你的汗珠儿，采了你的汗珠儿，蜂王是有奖赏的；蜜蜂是很有组织纪律性的，行动目的性很强；蜜蜂有高超的建筑天分，造的巢堪称一流；它采花促使植物增产，用花粉酿成的蜜，更是一种高级营养品，还可入药……

听他这么说，我紧绷的神经松弛了下来，对眼前的这些小飞虫进一步有了好感。有一只在我的胳膊上溜溜地爬，我觉得痒痒的，却没敢惊动它，任它窜来窜去。

这时，有一两只蜜蜂也窜到姓王的脸上，只见他挥手一巴掌拍下去，当手掌离开脸时，一只拍扁的蜜蜂落了下来。我惊愕了："你，你怎能……"话刚出口，就感觉脸和脖子上像有锥子在扎，眼前黑乎乎的一团，"嗡嗡"直叫。姓王的一手捂着脑袋，一手拍车顶："停车，快停车……"我一下子明白发生了什么，也赶紧拍车顶："停车……"

车停了。如果再迟一刻，我肯定是要跳车的，因为此时我感觉有乱箭射过来，是大海也要跳。姓王的哪还顾得上我，他在我面前猛跑，身后是一团蜜蜂，如烟似雾笼罩着他。他先是抱头逃窜，后是倒地打滚儿。"殃及池鱼"的"鱼"还不只是我，过路的行人也跟着遭殃，开始是莫名其妙，接着是左拍右打，后来则是抱头鼠窜了。蜜蜂真是疯了，见人就追，碰着就蜇。不知跑了多少路，忽听有人喊："用衣服包头……"我猛醒，赶快脱下衣服包住了头，就势趴在地上，摸索着把包在衣服里的蜜蜂清除。过了一阵儿，才露出了头，看见了无辜者们受害的滑稽场面，那场面至今想起来，都会笑得发颤。

大劫过后，那自言"养蜂五六年"的姓王的，哭丧着一张变了形的脸，嘟哝着："这蜂没法养了，一百四十多箱蜂，跑丢了一半……"我对他是又气、又恨、又可怜，你这叫"自作自受"。

◀ 2001 年，在美国考察期间和美国友人合影

没养蜂，不知蜂、不懂蜂者也就罢了；你养蜂"五六年"了，什么不知，什么不懂？说起来粲花妙舌，一套一套的，但做的却是另一套，明知不可为而为之，别人不能为而自为之。压根儿他就没把这些他赖以生存、为他提供衣食住行的小生灵放在眼里，那一巴掌暴露了他的真实嘴脸，美其名曰爱护呀，呵护呀，都是口头上的假话，而骨子里是藐视、欺骗、奴役、利用。唉，人性难测呀！

孟师傅见了我，拍着大腿笑，把我拉到车镜前，让我一睹自己的尊容：脸像是戴了面具，胖胖的，嘴噘得老高，像猪八戒，两眼眯成了一条缝……

在清理脸和脖子上的蜂针时，发现每根针上都带着一块蜂肉，为了御敌，它们舍去了大约四分之一的躯体，难怪人们说蜜蜂蜇了人自己也会死去。蜜蜂也懂得珍惜自己的生命，不轻易蜇人的。可是有人犯我，我必犯人，为了群体的生命，为了尊严，它们都义无反顾，奋不顾身的。身躯虽小，也是生灵，能任人欺负吗？

由于蜜蜂的插曲，我很扫兴，还谈什么草原一日游？真是乘兴而来，败兴而归。我是无辜的，但受害不轻，一周后才恢复了"原貌"。这一次，让我真正懂得了"捅马蜂窝"这个词的含义，并亲身领教了它。我想，创造这个词的人一定也品尝过此种滋味吧！

痛定思痛，我想了很多，诸如：大人物与小生灵，言与行，口是与心非，真诚与欺骗，可爱与可憎好几个晚上都很难入睡，一方面是受害处隐隐作痛；另一方面则想起养蜂人说的"一百多箱蜂跑丢一半"的话，惦记着那跑丢的蜜蜂，它们离开了"家"还能存活吗？而剩下的那一半儿，它们还能为无情无义的主人辛劳吗？

唉，睡吧，别替蜂担忧了，跑丢的蜂虽然成了野蜂，但还是蜂，靠自己的辛苦和能力是可以维生的，而且不再受主人的驱使和剥削，自由自在，焉知非福？而那剩下的一半蜂，还得生活，还得按部就班地受驱使、受剥削，有什么办法呢？

家蜂、野蜂都是蜂，都是可爱的小生灵，我爱它们！

一盒火柴和一朵山丹花

在人生的旅途中，在平常的生活里，有时一句话可激活一个人一生的生命力；有时一个与己无关的人的一个举动可影响你的一生；有时一个动人的场景可在你的脑海里激起涟漪。或成为一条格言、一个座右铭，指导你人生的漫漫航程。

这里讲的是一盒火柴，一朵山丹花的故事。

逢年过节，家人团聚。年近八旬的老父亲，脸上堆着微笑，眼里闪着泪花，总是感慨地说："谁想到能过上这么好的日子！"接着，便会针对这个孩子掉了饭粒、那个孩子剩了饭，讲起那一盒火柴的故事。这个故事，最早是父亲讲给我们听的，后来不知从什么时候由母亲讲给我们听，再后来就由我讲给我的儿女们听。

说的是几十年前，我家逃荒到口外，投靠我爷爷的叔伯兄弟，他们是种地的，能吃口饱饭。口外人少地广，出口外的人只要勤劳，如不碰上天灾，日子还能勉强对付着过。

我们家出口外后，我爷爷在离他叔伯兄弟住地约二里远的一个地方挖了地卜坑，由葵花秆儿做椽檩，用莜麦秆子做门，就算安了家。安了家，首要的是吃饭；而要吃饭，就得动烟火。在那个年代，动烟火可不是一件简单的事，一个山村的人们都瞅着哪家的烟囱冒了烟，就拿火铲去借火种，回家点着灶火，就又有别人来借火种，这样陆续地凭借一根火柴，能使全村动烟火。如果哪家的烟囱连着几天不冒烟，说明那家缺粮断了炊。

我们家离村子远，借火种是一件大难事。有时回家半路上火种就熄灭了，还得再返回去借。不借火种吧，咋也得生火做饭呀！有一天，我爷爷领着我父亲去他亲叔伯家借火柴，厚着脸皮七说八说，总算借上了一盒火柴。可当他们出门时，一个女人的声音钻进耳朵："哼，嘴像八哥似的，说得好听。借了，拿甚还？"这话又尖又酸，直刺人的神经。据我父亲回忆，当时我爷爷的脸气得煞白，真想把火柴还给人家。踌躇半天，还是攥着火柴走了。这盒火柴的分量太重了，回家的山路只有二里多，爷俩竟走了一个时辰！

这件事，深深刺痛了爷爷和父亲的心，他们的心中留下了长期不愈的伤痕。爷爷经常用这件事激励我父亲，在困苦中自强自立奋勇抗争。父亲成家后，把这个故事讲给我母亲后，我母亲这位没有文化的"教育家"，又因材施教地讲给我们听。于是，一盒火柴的故事年年讲，岁岁讲，一直流传下来，使之成为激励人的活教材。一盒火柴根数有限，可我们家却用之不竭。在我人生的旅途中，每当迷惘、失意、灰心之时，回味这个故事，就像在黑暗中划着了一根火柴，眼前便一片光明。

这个故事，教会我母亲过日子。20世纪60年代初，我们家八口人，只靠父亲的五十元工资生活。当时，市民每月凭票供应二两麻油，我家吃不起，都送了人。那么全家的油水怎么解决？母亲自有办法，每到冬天杀猪宰羊之时，母亲就让我们兄妹起个大早去屠宰厂排队买羊骨架。一副羊骨架三角钱，每副骨架能煮出二两羊油，骨头上的少许肉可供解馋，骨头每斤能卖三分钱，差不多够买骨架的钱。我们家一年四季就是靠羊骨架煮出的油烩菜，且有了荤腥。我们兄妹在那样困难的年代身体发育正常，多亏了老娘勤俭持家，保证了我们的吃穿。

一盒火柴的故事使父亲领略了世态炎凉，品尝了眉高眼低，激励他自立自强，挺直腰杆儿迎接困难的挑战，向贫困顽强斗争，硬是靠勤劳的双手将我们兄妹培养成人。

这个故事也使我们兄妹知道生活的艰辛，幸福来之不易，教我们从小热爱劳动、勤工俭学，长大了勤俭持家、助人为乐。在我当了副县长时，听人说我父亲经常提粪筐上街拾粪。听后我不以为耻反以为荣，深深为老父亲的勤劳所感动，并为之骄傲。拾粪是一种劳动，而劳动并不丢人，总比当年借一盒火柴时的遭遇畅快得多！

哦，一盒火柴，照亮了我们几代人！

另一个故事，讲述的是一个小女孩和一朵山丹花，虽然与一盒火柴的故事八竿子打不着，但它同样以感人的情节拨动了我的心弦，震撼了我的心灵。

那次，我接待区外某公司的一位经理，他人很年轻，带着个两岁的小女孩，小女孩十分活泼可爱。来到内蒙古，当然要去草原。那年，天旱，草原上草长得不好，我只好领他们到察右后旗的一座火山上游玩。小女孩一蹦一跳地跑在最前边，突然她停下来，高兴得手舞足蹈。我们跑过去一看，原来是一朵单头的但很鲜艳的山丹花。据说几十年前这里有满山遍野的山丹花，后来生态恶化，山上变得光秃秃的了。这几年由于加强了生态建设，植被有所恢复，才能幸运地见到山丹花。"伯伯，这叫什么名字呀？"小女孩天真地问。我答道："这叫山丹花。好看吗？""好看，好看，太好看了！"小女孩拍着小手，围着花绕了一圈后蹲下来仔细地看，看得那么入神、那么执着、那么着迷。我随意说："你可以把花拔下来，拿上玩嘛。"没想到，小女孩立刻站起身来，双臂乍开拦着我，俨然一护花使者，一脸严肃地说："不能拔，还要留给别的小朋友看。"刹那间，我包括在场的其他人，都被这童声震撼了，你看看我，我看看你，眼神里都流露出惊讶、崇敬和自责。尤其是我，脸上一阵阵发烧。从眼前这个小女孩身上，我看到了祖国的前途，看到了希望。我动情地将她抱起来，高举过头顶。

那天，我的心久久不能平静，想到小女孩的绿色环保意识，想起了一些滥垦滥伐破坏环境的人们，想起一座座光山秃岭，想起一场一场的沙尘暴，想起地区落后农牧民生活提高缓慢……进而又想到盟委、行署实施的"进退还"战略：大力改善生态环境，迎接西部大开发的美好远景。

上述两个故事，在生活的长河中或许只是两朵浪花，但它们却能激起感情的波浪。一盒火柴普通，但它却蕴含着巨大的光和热；

一个两岁的小女孩能懂得什么，但她的一句话却表达了家长、老师的心声。人是要有一种精神的，这种精神需要从小培养；人是需要成长的，要成长就要摄取营养、治疗疾病、接种疫苗。而这种精神之充实、体魄之健壮，都需要潜移默化的教育、影响、启迪、激励，就像春雨，淅淅沥沥，润物无声。

寒乡"星火"已燎原

　　提起化德县，知道的人都会说："那地方天冷、人憨、地穷。"

　　可是，你了解今日的化德吗？化德是我的故乡。父母健在，工作在外的我常回家看看。这几年，每次回化德耳闻目睹，一种收获和启发令我心潮涌动，不能自已。我总想把这"涌动"诉诸笔端，跃然纸上，表达我对故乡的殷殷情怀。

　　人说化德穷，这不假。多年来广种薄收，靠天吃饭；沙进人退，生存环境恶劣。庄户人家有土炕无席，只好用灰菜水刷炕压土气。县城居民生活如何呢？就说我家吧，那些年每人每月供应二两麻油，我家买不起，把油票送了人；母亲用"煮黑"染了一块白帆布，给我们兄妹几个做衣服，为的是"耐穿"；用沙蓬、灰菜、地皮菜做馅的莜面饺饺和山药鱼鱼是家常饭，为的是"耐吃"……日子与人一般的瘦，一般的穷。

人说化德冷，是真的。县城正在风口上。全年无霜期只有九十多天。寒冬腊月，风吹在脸上像刀割，汽车冷得打不着火。天气冷，正为乡亲们战穷斗贫的热情做了衬托。

人说化德人憨，也不错。越是偏僻、闭塞的地方，人憨得越发可爱。下乡工作人员派饭到一老乡家，主人把攒下的五颗鸡蛋全都拿出来为客人蘸莜面，而自己是舍不得吃的。我小的时候亲眼看见庄户人进城买东西时，把一叠钱交给卖货的，任你留多少，剩下的我装起。因为他们不会骗人，所以也相信别人不会骗他们。

今年中秋节前，我又回到了化德县。一进县城，立刻感到眼亮心宽。过去的土路，已变成宽阔的柏油路；当年日本人在时就有的几十株参差不齐、弓背驼腰的老头树已被拔掉，新栽的塔松如勇士英姿飒爽，翠柳像美女婀娜多姿。路旁全部硬化，干净整齐。那一丛丛鲜花、一片片草坪，显示出文明生活的品位。夜晚华灯齐放，无数个灯箱广告流光溢彩，琳琅满目，内容大多是"冬野""维维""仪凤""赛音"系列防寒服，"硅铁""硅藻土"以及酒类等轻工产品。它们除了装点塞外小城外，还宣示着化德人已摆脱陈旧观念，在商品经济大潮中乘风起航、逐浪扬帆了。

"路通百业兴"，这几年，化德县修路的规模是空前的。现在，商化公路、化黄公路、化张公路，再加上集通铁路，给化德县编织了四通八达的交通网络。难怪一些离休老同志竖起大拇指："应该给李书记和白县长立个碑，这两个年轻人办正事！"

还未进十月，化德的天气已板起面孔。又到了羊绒防寒服上市的时候。看吧，在大街小巷，小车拉的、摩托车驮的、装汽车的不是絮片、布料就是成衣，那些一整箱一整箱的，是运往全国各地的产品。在几条主要街道上，布料商店、拉链门市部以及纽扣、辅料、絮片、包装材料专营店，生意都很火。专业化的大市场，使产品成本大大降低，增强了竞争力。我随意走访了几家较有知名度的服装厂，发现它们大都有产品陈列室，有的还有服装研究所，款式多样、新颖，令各地客商赞不绝口。

化德的羊绒絮片系列服装产业如今已有了规模，成了气候。从这个偏远的塞外小县每年都有上百万件服装销往全国上百个城市。人们的腰包渐渐鼓起来，"别看穿得烂，腰里揣个金蛋"。有的不愿露富，悄悄对我说："说实话，这几年搞絮片服装的手头都有几个钱，我不算啥，还得往大闹。"据说，不少人搞絮片服装业发了财，上百万元的有，几十万元、十几万元的就更多了；城关镇人均手机占有量和摩托车占有量在全盟旗县所在地名列前茅。现代化的交通和通信工具使经营者如虎添翼。

——这里从事羊绒絮片服装的人与时俱增，先是城关镇搞，后来乡下人也"染指"，来个"农村包围城市"，大打一场"人民战争"。先是卖原毛，后来发展到洗毛、加工絮片、再到生产高档服装。

——这里每年两千多人在全国各地跑市场打销路。这些人大都年轻，有知识、有头脑，接受新事物快。他们除了销售之外，还随时往家乡传递信息，也随时都在给自己寻求生财之道。

——这里原材料都很充足。本县牧业发展迅速，周边接壤牧区，原料供应不成问题；辅料呢，全国不少厂家在这里设有直销点。

——这里有近两千名经过严格培训并有十几年实践经验技术精

良的技术工人。他们靠手艺吃饭，没有国营职工的那种依赖性，召之即来，来之能干，没活就走，做一件挣一件的钱，件件保证质量。

——这里还有一支素质较高的设计队伍，他们大都是大专毕业，自愿搞服装设计，经过十几年实践，水平迅速提高，所设计的服装能紧跟时代潮流，在市场竞争中立于不败之地。

——这里还有一个重要的因素，那就是有一批懂经济、会管理，有事业心和责任感的各级领导干部，他们思想解放、积极创新，努力创造和保持着一种适宜经济发展的环境和氛围。

化德县羊绒絮片系列服装产业成了大气候，这是毋庸置疑的。他们用实践证明了盟委、行署关于发展工业"以农畜产品加工为主体"的战略思想是符合乌盟实际的。然而，这个"气候"是怎么形成的呢？这还得回过头来从"穷"谈起。

俗话说："人穷不做，马瘦不吃。"过去化德人穷就穷在"不做""你看我饿着，我还坐着"，就是这一形象写照。但是，总有些"穷则思变"的汉子，他们不甘心穷下去，千方百计想要改变自己及周围的生活。

焦维，就是这样一个人。他如今是全县规模较大的"冬野"服装公司的老总。在十几年前，他是业务员。有一次他在火车上得到一条信息：东北某地用"精、梳、短"做絮片很畅销。"人家能干的，咱们为什么不能干！"他决心把这条信息变成产品、变成价值。他的设想很快得到了有关领导和一些有识之士的大力支持，经过他和大米、老鲍、老贾等创业者几年艰苦工作，羊绒絮片服装被列入"星火"计划并获了奖。

　　产品刚出来时，质量不错，但销售却是不容易的。先是让一些大商场代销，效果不好，回款也差。后来干脆培养自己的人，派一些有文化的小青年到大商场学当售货员。过个一年半载，这些人脑瓜儿灵活，看着厂里赚了钱，他们眼馋，于是偷偷地在家里做些捎带着卖。厂里发现了，不允许。可是，这些人"翅膀"也硬了，索性自己干。这样，你干我也干，像滚雪球似的，越滚越大，终于形成了规模。

　　不是说化德人憨么？化德人憨得可爱。絮片产品赚了钱，邻县也跃跃欲试。化德人把自己花钱引进的新技术、新工艺介绍给别人，给自己树立、培养竞争对手。化德人憨得勇敢。为提高产品知名度，他们1987年用三十万元的租金在北京民族文化宫销售一百天。当时的三十万元，可谓惊天动地啊！

　　化德人憨得机智。开始，他们也企图摆脱"小作坊"走"大集团"的路。但他们很快就发现这样做客观条件不成熟，带有很大的盲目性，于是马上拨正航向，掉转了船头，事业沿着经济规律健康地发展了。

　　这次中秋我回故乡，感慨颇深。化德，这么一个不起眼儿的边陲小县，其羊绒絮片服装产品竟遍及全国市场，化德人列入国家"星火"计划的羊绒絮片服装由可行性研究报告上的三十万件，发展到年产二百多万件，人们得到实惠，财政增加收益，现在真可谓是星星之火，势已燎原！正因为化德穷、化德冷，所以憨厚的化德人才想起用羊绒絮片服装温暖自己、温暖别人，他们正向贫穷告别，向着小康的目标奔跑，其势如滚滚洪流，汹涌澎湃。

　　啊，故乡化德，我衷心祝你兴旺发达！

回报

　　今年春节，我们都回到父母家。二十多口人大聚会，敬酒、祝福、唱歌，很是红火。两位老人高兴得从炕头挪到后炕，又从后炕挪到炕头。几杯酒下肚，老父亲话多了，热泪盈眶，还是重复那句老话："做梦也想不到能过上这么好的日子，我知足。"望着红光满面的父亲，我端起酒杯，祝福他老人家身体康健，精神愉快！他老人家风风雨雨多半辈子，遭遇坎坷；老来心静如水，过上了幸福生活，怎不令人感慨万千。父亲退休前，身体很不好，因忙于工作，经常不回家；退休后，身体逐渐好起来，而且很恋家。退休前后，判若两人。

　　父母年岁大了，做儿女的常回家看看，心里踏实。如果我上午回家，两位老人肯定都在；如果下午回去，就只有父亲一人在家了，母亲呢，准是上了麻将摊儿。

　　父亲恋家。儿女们大都成了家，都想接二老到自己家住些日子。

可父亲总是"住不惯"。有人请父亲吃饭，他也吃不到心思上，心急火燎只想回家。人们开玩笑："你们家是不是藏着金元宝？"父亲淡淡一笑，不管别人怎么说，他心里老有个主意：回家。父亲像块铁，家就是磁铁，他须臾也不想离开家。他饲养的小鸡对他"感情"很深，偶尔他出门，小鸡们就"扑扑棱棱"地飞到他的肩上、头上，那股亲昵劲儿，真让人眼热。

父亲退休前，可不是这样的。奶奶在世时曾说过，当年因孩子多，怕养活不了，原先就不打算要父亲。他一生下来，就放进水盆里要把他溺死。邻居二婶听到哭声，跑过来叫道："作孽呀！再穷，能差他一口吃的？"边说，边把孩子捞出来。后来在炕上控了三天水。可能是水呛了肺，父亲从小就气不够用，四十多岁就气短，一到冬天，走不了几步就得停下来大口地喘气，脸和嘴唇都是紫的。父亲上身呈圆柱形，医学上叫"桶状胸"，是肺心病人最明显的特征。到了夜里，父亲更是咳嗽个不停，一个劲儿地吐痰，身子一躺下就憋得喘不上气，只好坐起来头顶着枕头，就这样一夜夜地熬。有一年清明节，父亲领着我去上坟，那年他只有五十多岁。烧了纸，点了香，父亲一本正经地用手指了指我爷爷奶奶坟头下边的一块空地，说："我活不成个人，死了以后，你们就把我埋在这里。"我听了心里酸酸的。

因为气短，父亲走路总是弓着腰，眼睛看着地，一副忧心忡忡的样子。空手走路给人的感觉也像是肩头压着多么沉重的东西。别看父亲的身子骨不太好，可他对工作却从不含糊。那时他在砖厂工作，一心扑在砖厂，真是以砖为家。从我记事以来，他没在家里过过一个星期天，也没请过一天假。夏天里烧砖，他更是没日没夜地守在砖窑。下雨了，人们都往家里跑，他却着急往厂里跑。

那时，我们一家十口人，靠父亲每月的五十多元工资，连粮也买不回。母亲就领着我们冬天打石子，夏天脱土坯、挖药材，挣点钱补贴家用。家里生活这么困难，父亲除了每月拿回全部工资外，家里其他活儿他是一把也不帮。极少有怨言的母亲，有一次忍不住了，说道："星期日，哪怕你到坯场看看、和两锹泥，也算是个心……"父亲先是不作声儿，停了一会儿，说："我能帮你们？咋能帮你们？"一脸的无奈。我们都知道，父亲不是那不顾家的人，他每月都把工资一分不少地交回，单位有时发点补助也如数交回，不设"小金库"。从不抽卷烟，自己卷旱烟抽，后来干脆戒了烟。与同事们出差，别人吃饭时要个炒菜，喝点儿酒；父亲只要一碗面或馒头就咸菜，往往和别人吃不到一块儿。别人出差家里贴钱，父亲出差回来却有结余。单位里人们都说他小气，他听了又是淡淡一笑，从不在意……

轮到我们给母亲敬酒了。在我们心中，母亲是位伟大的母亲，是我们家的大功臣。我们兄弟姊妹八个，靠父亲那点工资显然无法生活。事实上，当时全家的生活过得有滋有味，不能不说是母亲的功劳。八月十五，供完了月亮，月饼和水果就端进家，西瓜沙、葡萄甜、槟果香。现在想起来，那时的水果怎么那么有滋味，比如今的强多了。大年三十，母亲从大红柜子里把新衣、新鞋拿出来，一份一份地分开，我们兄弟姊妹年年都有新衣、新鞋穿。最让我忘不了的，是每人一双实纳帮子鞋，那是母亲费力做出的：把麻拧成细绳，把破布和报纸糊成衬，用锥子扎过衬打个孔，再用针穿麻绳纳，每纳一针都要用唾液把麻绳润湿，用牙咬住绷紧，并缠在膝盖上加力，这样做出的千层底儿才结实、耐穿。可惜我那时不懂得珍惜妈妈的劳动，一双新鞋最多也只穿两三个月就烂了。就是这样，我们也从未穿过露脚指头的鞋。每人一年两三双鞋，全家十口人，得做多少双？拧的麻绳有多长？记得当时半夜里我醒了，看见妈妈的眼睛红红的，在昏暗的油灯下飞针走线，嘴里还哼着小曲儿："劝姐姐你不要麻烦，你不要麻烦……"

在母亲身上，表现了中国妇女吃苦耐劳的高贵品质。冬天，妈妈提一只筐，筐里放一把榔头，顶风上山打石子；夏天，母亲扛一把锹，领我们去脱土坯。为了激励孩子们的劳动积极性，实行"联产责任制"，每超产一百块坯，奖励一个糖饼。有一年土坯不好销，一个土坯场积压了几十万块土坯。一场大雨，全都泡了汤。不少人家面对烂泥号啕大哭，有个女人在这场大雨中损失了一辆"飞鸽"自行车的钱，后来听说这个女人受不了打击而一病不起，第二年竟然得了绝症。我母亲性格刚强，对这点打击满不在乎。雨后，太阳晒得地皮一发硬，就领我们清理现场，没几天工夫，就把一堆堆烂泥又变成了土坯。因为脱土坯的人少了，土坯销路又好，所以我家的土坯很快就变成了钱。

当然，母亲也有自己的爱好，天阴下雨抽空儿爱和邻居的女人们"别棍儿"（乌兰察布后山地区的一种游戏），每人腿前放一把红豆作为输赢筹码。父亲和母亲因为这吵过几次。有一回，父亲找到"别棍儿"的邻居家抄了摊子，闹得大家都下不了台。那次，父亲红了脸，母亲掉了泪……

年饭的气氛越来越欢快，晚辈们敬完了酒，又献歌，向老人致以衷心的祝福。父亲情绪很好，说说笑笑，脸上焕发着青春的光彩。在父亲退休时，我们都曾担心，一是担心他长期以来兢兢业业地工作，从没在家里待过一天，如今一下子坐在家里，习惯吗？听说有位科级干部退休后不到半个月，就脱了发掉了牙。父亲身体本来就不好，退休后会不会垮下来？二是担心老两口常在一起难免磕磕碰碰的，母亲没事做，"别棍儿"变成了麻将，父亲讨厌这玩意儿，会不会又闹矛盾？

结果，出乎我们的意料。父亲退休后的表现，把我们的担心冲得无影无踪。父亲现在年近八十，身体却比过去好得多，耳不聋，眼不花，说话声音洪亮，脸上闪着红光。走起路来，性子急，步子大，虽然稍有些气喘，但腰板却比过去挺直了许多。凡是知道父亲过去身体状况的人都感到吃惊，认为这是个奇迹。亦有不少人向父亲讨教长寿秘诀，父亲仍是淡淡一笑："日子好过，心宽啊。"

轮到妹妹们给父母敬酒了。大妹妹可能是酒有点过量了，不自觉地提起当年"文革"时的境况，家被抄、兄被斗、父上吊……一桩桩、一件件揪心的往事，顿时改变了家宴的气氛。这时，老父亲热泪纵横，哽咽着说："要不是你们的母亲撑着这个家，我也走不出'文革'，咱们这个家也早就散了……过去你们总说我不顾家，可那个时候连我自己都顾不了，怎能顾家？旧社会被国民党抓去当了八个月的兵，这段历史像一座大山，压得我多半辈子抬不起头啊！和我在一个单位工作的，有好几个下放农村了，其中有解放战争扛过枪的，有抗美援朝跨过江的．可我，凭啥平安地工作下来？还不是靠我的实受，每走一步都提心吊胆，树叶掉下来都怕砸了头。就这样，硬是把你们拔出土窝窝，刨闹个城镇户口。平时，看你妈领你们拼命地受，我怎不心疼？可是我不敢帮你们呀，怕人家说我吃官饭放私骆驼……"

父亲越说越激动："要说打麻将，我也会，也爱玩，可我就是约束自己不去耍。那时候我因为你妈'别棍儿'曾和她吵过架，还抄过摊儿。你妈辛苦了大半辈子，如今生活好了，事也不多了，就让你妈去耍吧。家，由我来看，这也算是一种对她的回报吧。"说到这儿，大家的眼睛都湿了。是呀，父亲对母亲是一种回报，而命运对父亲何尝不是回报呢？晚年的幸福生活是对他艰苦拼搏的回报，健康的体魄也正是对他往日体弱多病的回报。很快，大家都醒过了神儿，共同举杯，重新向二老敬酒，祝二位老人美满和睦，天长地久……

秋

风方劲

秋色无限

秋天，传统的印象是"红衰翠减，苒苒物华休"；而在诗人毛泽东眼里，秋天则是"看万山红遍，层林尽染，漫江碧透，百舸争流。鹰击长空，鱼翔浅底，万类霜天竞自由……"

我出生在内蒙古化德县，记得小学课本上写道："秋天来了，天气凉了，一群大雁往南飞，一会儿排成个'人'字，一会儿排成个'一'字……"这种景观，带给人的只是一种淡淡的离别之感或思念之情，而另一种景观却使人痛心了：候鸟一队连着一队，黑压压地，铺天盖地飞来，噪声不绝于耳，落到哪块地里，那地里的庄稼就遭了殃，沉甸甸的果实刹那间被吞食，只剩下光秆秆在秋风中摇曳……

现如今候鸟没那么多了，秋天里向南迁徙的队伍已是零零散散；而人，却是一年四季往南迁，趋之若鹜。有道是人往高处走，水往低处流。有文凭，有学识的到南方求发展；没文凭，没学识的到南方去打工。年轻人到南方见世面赶潮流，老年人到南方游山水养身心……

六十岁，已经是人生的秋天。退休，意味着人生角色的转换，是一个转折点。在这个点上转折得好不好，对人的后半生有着很大影响。记得我们县里有位老同志，当时是科级干部，根正苗红，对工作兢兢业业，对党忠心耿耿，下乡蹲点，两条腿肿得厉害，仍坚持同社员一起下地劳动。那年刚实行退休制，头一天组织上通知他退休，第二天他的头发就全白了，没几天牙齿也开始脱落。当时我想，退休是个什么东西呢？怎么一下子能把人摧残得如此可怜呢？如今退休制度已经实行几十年了，如果那位老同志现在退休，也就不会发生那种情况了。不是退休可怕，而是人的心理作祟。

市里实行正处级干部五十五岁"一刀切"，我识相地在五十四岁时就主动退居二线。也许由于这五年的缓冲，致使我退休时感到自然、轻松。两只纸箱把办公室里属于自己的东西一装，搬回家，钥匙链减轻了，通讯录减容了，心理也减负了。

退休了，该如何安排后半生？我这个人有两个特点，一是在心理上总还认为自己年轻，总觉得自己还能干点啥，我经常和儿子掰腕子，儿子一米八的个头，膀大腰圆，可每次掰腕子，都是他输；二是我的思想比较活跃，是个爱动不爱静，不安分的人，我有儿有女有孙子有外孙，可我不甘心守在他们身边颐养天年，我要把六十岁当成一个新的起点，选择一条自己的路，而且要坚定不移地走下去。我母亲说过："地不冻，一个劲儿地种，不听蝼蛄叫！"我和老伴

▲　她微笑着……这是桂林地区石壁奇石，我给她命名"微笑女神"

退休后，经济上比较充实，两个女儿：一个在青岛，另一个在广州。按理说，我可以享受候鸟式的生活，冬天到南方走亲访友，夏天回北方休闲避暑，优哉游哉！可是，没有点事做，对我来说并不快乐。

机会来了。去年，一位与我相识三十多年的老同事找上门来，说在广西全州看好一个矿，可以先去考察一下，如果合适，大家一起干。这位同事长我两岁，为人忠厚，且事业心很强，他的话我信。

于是，我们一行几人去了广西桂林市全州县文桥镇的黄花山，这里和湖南的舜皇山交界，就是全州县的地图上也找不到它。我们从文桥镇出发，沿途经过几个村落，有的属于广西，有的属于湖南，还有的村落里既有湖南籍的也有广西籍的村民。村落都不大，有的十几户、有的几十户人家，房子大都是木架结构，有的房瓦竟是用树皮做成的。

　　时值深秋时节，但我们并不感觉冷。一进山，呈现在我们眼前的是一幅自然美的画卷，再高超的画家也很难描绘它的美。我置身其间，我的心境和它融为一体，感觉是那么和谐、那么自然，这正是我心中蕴含的无限生机、无限绚丽的秋色！

　　前面的十多里山路车上不去，只好安步当车，这也正合我意，可以把这美丽的山光水影一饱眼福。天，淡蓝淡蓝，柔和的阳光暖洋洋的。我们置身于崇山峻岭之中，一山连着一山，弄不清哪个山是顶峰。向上爬，一山更比一山高；向下看，群山错落、披烟裹雾、朦朦胧胧。我们是沿着一条河道进山的，河道里除了清澈见底的水，还有大大小小的石头，它们没有棱角，呈圆形，泛着清白的光，看上去很坚硬，可称作磐石或顽石，虽然样子是那么沉稳，但我想，它们是不能为自己定位的，因为圆能顺势而动，今天一场暴雨山洪把它们卷到这里，明天一阵洪水不知道又会把它们冲向何方……

　　我们走进森林。这是一片真正的原始森林，不论是悬崖峭壁还是沟沟坎坎，都被各色的植物覆盖，很少有裸露的地方。由于是秋天，各种植物都展现出自身的颜色，汇成一个五彩缤纷的世界。树，高的二十多米，低的只有几尺。有的树枯死了，树皮脱落，却仍然屹立着，显示着昔日的繁荣，传递着它的悲壮；有的树被胳膊粗的几根藤缠绕着，似乎危及生命，可它全然不知，仍然倔强地抗争着。给我印象最深的，是河边的一棵枫树，满树的叶子全红了，红得光亮，红得耀眼。我走近它，领略它的雄壮和娇艳，无意中发现它并非生长在泥土中，而是扎根在石缝间，石缝里的树根被挤压得扁扁的，还有几条根裸露着，像辛劳一生的老人青筋突暴的胳膊，紧紧地搂抱着石壁。再细看，就更让我惊讶了，有一条根竟然把一块顽石横着生生地裂断，柔柔的树根和顽石抗争，争出了自己生长的窄窄空间，这决心、这毅力、这力量令人惊讶，敬佩之情油然而生。

　　林中乔灌混杂，花草丛生，草中有树，树旁有竹，竹下有花，它们一起群居，相扶相携、相映成趣，只要生长这就是它们的法则。这里的竹子种类繁多，枝枝叶叶各不相同。我看到一枝三四寸长的细小竹子，有几根细丝支撑着它，拾起一看，吓一跳，它居然能动，当地人叫它竹节虫，它和它生长的环境能够如此地结合、融合，真是太神奇了。我还见到了枯叶蝶，它落在树上和一片枯叶没什么两样。为什么这些动物和身边的植物如此相像呢？我想，不论是竹节虫，还是枯叶蝶，能把自己打造成与身边植物别无二样，肯定与它们的生存有关联。

　　除了树和竹，灌木花草也不甘落后，大胆地切入，占领了并不宽裕的空间。秋天了，植物上都挂着自己的果实，红的、黄的、蓝的、粉的、紫的、黑的；有单个的，有三五个一堆的，也有几十个一簇的；有圆的、有长的、有三角形的。它们都泛着自己的光泽，展示着自己的色彩。我很好奇地将它们逐个儿尝尝，酸、甜、苦、辣、涩，可谓五味俱全。人生的味道不亦如此吗？可谓人生一世草木一秋，到了秋天都该有果实的，不论是什么颜色，什么味道，都该有个收获。一阵风吹过，树叶飘零，也有果实落下，"啪"，一颗紫红色的圆果从十几米高的树上落下，摔到一块石头上，溅出一片紫红色的浆液。我突然悟到：植物的果实不单单是供人享用的，它的果肉、汁液是保护膜、缓冲液，使种子不受伤害而平安着陆，在它脱离母体之前该为后代考虑的都考虑好了，至于摔出母体后，这粒种子的遭遇如何？是长成参天大树，还是腐败变质化为泥土？那就不关它的事了，它也无能为力去管这些了。一棵树可结出成千上万的果实，这些果实就是种子，把它们散播出去，就已经完成了繁衍后代的任务了。

秋天，仍有生机。那棵树叶片厚厚的，黑绿黑绿的叶子上冒出了浅黄色的嫩芽；那草中一丛丛白色的野菊开得正艳；那由无数紫色的小花组成的一串串大花轻轻摇曳，顾盼自怜……

记得北宋王安石在《游褒禅山记》中写道："入之愈深，其进愈难，而其见愈奇。"果然如此，路，坡度越来越大，越来越难走，我浑身发热，一脸汗水，两腿也开始打战，只好驻足小憩。腿休息了，可眼睛没闲着，我一直在东张西望。忽然我发现河道北边有一绝壁，绝壁中间凸出一块三角形巨石，巨石上端显现一张天使的脸，脸呈鹅蛋形，眉眼清晰，嘴角上翘，微笑着；不知是谁人探矿在上面凿了一道深槽，正好把她的发髻刻得更有立体感，两只传神的眼睛上长了一些草，恰似她长长的睫毛。她美丽，端庄且洋气，我被她的美震撼了，惊叹大自然的鬼斧神工。这张峭壁上的天然美女的脸高五六米、宽三四米，五官端庄，一脸秀气，雍容华贵，我想，只有天空的五彩云霞才能装饰她。我拿出相机，摄下了这奇美的风景。

我曾去过云南大理的蝴蝶泉，但是没见到几只蝴蝶。今天，我在这无名的山间开了眼界，我敢说：这里才是蝴蝶王国！看哪，各色各样的蝴蝶上下翻飞，翩翩起舞，最漂亮的要数一种像燕子一样大小，翅膀上、尾巴上印着花斑的黑蝴蝶，把它捉在手里，它的翅膀扇动着，竟像鸟翅膀般有力。有一群黄色的蝴蝶，落在一处石头上，一齐竖起翅膀，组成一个很大的花簇，场景诱人。蜜蜂、蜻蜓也来凑热闹，轻歌曼舞，搅得人眼花缭乱。这里的蜻蜓个头很大，大都是黄色的，喜欢群飞，上百只蜻蜓飞在一起，像直升机群在进行飞行表演，它们的演技很高超，看似无序，却舒展自如。它们不喜欢飞快飞高，个别的飞高、飞远了，很快就自觉地飞回来，加入群体。有一两对连在一起飞，好像表演空中加油。它们可以上下飞，也可以左右横着飞，都兴致勃勃地展现自己的飞行绝技。我站在高高的青石上，观看蜻蜓的特技飞行表演，一时忘掉了一切，无形中提升着自己的品位，脚下踩着的已不是石头，而是观礼台了。

我知道，蝴蝶再漂亮，它也是昆虫变的。蝴蝶多就意味着虫子多，对森林构成危害。我凝眸细听，除了潺潺的流水声，还有鸟叫声，有粗有细，有长有短；有的像在诉说，有的像在歌唱，有的像在吹口哨；有的急促，有的悠闲，有呼有应，那么协调自然。森林中有了鸟，就有了生命。想到此，我的心情轻松了许多。

我们本来是看矿的，而我却似乎是专来观景的。同伴们在山上取了矿样，又进洞探查，而我还留意着景色。

下山时，西边的太阳为我们铺出了一条金色的路……

牵手

要说婚姻大事，我承认缘分。

我相信世间有真挚的爱情，为追求真爱所有的付出都值得；我懂得世事无常，不可能先知先觉未来，只能在爱情降临之时，抓住机会，珍惜它、尊重它，抉择才能正确，爱也才能永固、久远，一辈子不后悔。

我和她最初是在朝阳一中的卫生班认识的。1970 年秋，在化德县白音尔计大队插队的我接到通知，要我去卫生班学习，将来回村当"赤脚医生"，这是个不错的机遇。那天，我报了名，正准备出门，无意中碰到两个身材苗条的女生，一个黑一个白，微黑的女生看上去给人一种健康、结实的美感。记得她当时穿了件很得体的天蓝色上衣，与她微黑的脸庞很协调，"白丑黑袭人"，我受乡土审美观念影响很深，不由地多看她两眼，心想她肯定是"农业学大寨"

战天斗地的铁姑娘！

我想的没错。在卫生班学习课间休息，大家玩掰手腕，很多男生赢不了她，可她就是掰不过我。她不服气，几天后又来挑战，结果还是输了。那年秋天，学校组织学生收割校田，校田种的是小麦。只见她脱下外衣，扎紧袖管，两条大辫子往后一甩，回头有意无意地望了我一眼，便伏下身子拉开了镰。我们紧随其后，虽说不是比赛，但都在暗中较劲儿。割着割着，我开始腰酸背痛，手指也不灵活了。伸腰往前一看，她已经遥遥领先，落下第二名的一个农村来的男生二十多米。我咬牙坚持着，越来越感觉手脚不听使唤，心越急手越慢，差点儿镰刀割上了手！追赶无望了，一屁股坐在地上，磨开了镰刀。当我站起来时，见她已站在了我面前，正不怀好意地看着我，她已经割到头又返回来了——简直是一台小收割机！

我望着她充满活力、潇洒的身影，心中不禁冒出"她是我家的人"的念头。

但是，她不是我的初恋。初恋的滋味我尝过，未经深刻体验便消失了。接到绝情信，我也回了一封，边写边流泪，流下的是泪水，补充的是动力，从此感觉自已体内填充了发愤上进的助力剂。本来我就曾片面地认为城里的女孩子不如农村的姑娘朴实，这次失恋更加坚定了自己的观点。没想到当"知青"时结识的一位农村姑娘，也由于种种原因离我而去了。追根溯源，还是自己的家境和实力不行。缘未到，莫强求，只有发愤努力，顺其自然了。

恰在这时遇上了她。我确认喜欢上她是在卫生班学习期间，县篮球队来选拔运动员，初选的名单上有她。那夜我失眠了，生怕她被选上调走。天遂人愿，她虽然个头不小，但在农村没玩过篮球，经考察没过教练这关。这就给我们的爱情发展留下了机会。

卫生班培训一年，很快就结束了。那天分别时，我已经上了大货车，正准备出发，她跑过来，递给我一个小纸包。我打开一看，是她的一张照片！我明白了，她心里也有我了。后来，我被分配到打井队当了工人，她被借干到达盖滩公社妇联工作。较长一段时间，我们没有联系过，各忙各的工作。

两年后，我从打井队转干到县农牧林水局当了秘书。这时给我提亲的人多了起来，有些女孩人漂亮家境也好，可我都不去面对，一是"城里女孩靠不住"的老观念在作怪；二是初恋的伤疤未愈；三是刚当上干部把工作放在了第一位，个人问题暂放一边。一天早晨，我上班路过汽车站，正好碰上了她，她要到集宁参加妇干培训班。真是缘分，我们见面没说两句话，只是牵了牵手，而这次的牵手就确定了我俩一辈子的姻缘！那天晚上，我又睡不着了，我俩在卫生班学习期间的一幕幕情景又在脑海里反复出现。天快亮了，我打定了主意：她，就是我这辈子的伴侣！

给我提亲的人与日俱增。岳局长比我还着急，竟也来给我提亲。我看瞒不住了，就说了我和她的事。局长说他常下乡，认识小吴。只见他一拍大腿："好啊，明天咱就办这事！"第二天他领着我到了达盖滩公社，和公社书记说了，书记也很同意。于是，公社出了介绍信，局长催我们去领结婚证。我说这事来得太快了，局长说办事就得雷厉风行。我们去供销社买了一包水果糖，五盒"迎宾"烟，给大家散散就把结婚证领了。回到县城，局长让会计和管理员在林工站收拾出一间不足十平方米的小板房，把两张单人床并在一起，用报纸订成墙围子。我从家里搬来两个没底座的板箱，下边用纱布围上，顶棚挂上两条五彩练，门上贴上大红对联，顿时小板房充满了喜气，这就是我们的洞房啊！婚礼是在机关食堂举行的，花了二十多元钱买回瓜子、糖果、香烟、茶等，有百十人参加，场面很隆重，很热闹，唱了不少歌，出了不少节目，掌声雷动，欢声笑语不断。按照主持人的指挥，我俩手捧"红宝书"向毛主席像鞠躬，向长辈鞠躬，向领导鞠躬，向大家鞠躬……那时办喜事随礼也就五角钱，大家凑份子买些日用品。第二天我清理了一下，有暖水瓶六七个，脸盆、被单、茶杯等共十几套。心里过意不去，抽个星期日请大家到我父亲家中吃了顿饭，算是答谢。

结婚后，我们四年生了三个孩子，中间还有"计划"掉的一个。操持家务、拉扯孩子的重任压在了她的肩上。那时机关晚上经常组织学习，她是党员，参加活动就更多。有一次我下乡，她在单位学习结束后回到家已经十点多了，赶忙喂孩子，喂着喂着自己睡着了。那天停电，点的蜡烛倒在炕上，烧着了被褥。孩子被烟呛得又咳嗽，又扑腾，蹬醒了她，她睁开眼，看看冒着的火苗，用手扑打几下就又睡了过去。火越烧越大，呛得孩子大哭大闹。她第二次睁开眼，见火苗已蹿起老高，赶紧下地浇水灭火，被褥烧了，炕毡也烧了脸盆大的一个洞。这件事她一直没告诉我，是我发现毡子上的大洞后，她才轻描淡写地说了说，而对自己的忙和累不置一词。1983 年我到内蒙古财院上学，放假回来得知她做了人工流产和扎管。我说这么大的事怎么不告诉我？她说："告诉你，你能替得了我？"1987 年我经常下乡，她有两次发高烧都没告诉我，自己给自己打针退烧，是事后小妹告诉我的，听得我鼻子直发酸，眼睛在发湿！如今，我们都步入了人生的秋天，在四十多年艰辛又平淡的岁月里，我们相濡以沫，携手一路走来，彼此爱在心里，谁也不好意思向对方说出那三个字。今天，趁我们还健在，借助文字，不怕孩子们笑话，我要大喊一声："翠花，我爱你！"

在我们家，她是称职的保姆。我们有三个孩子，三个孩子又生了四个孩子。桂林八桂画院老院长刘善传是我的朋友，他知道了我家的情况后，送我一块石头，上面雕刻着石榴和蝙蝠，寓意"多子多福"。我的三个孩子是在计划生育政策出台前降生的，我们的儿子生了一男一女，是因为儿子娶了个蒙古族媳妇，政策允许生二胎。在别人眼里我们是多子多福，可对于老伴来说是多一个孩子多一份累。好不容易把自己的三个孩子拉扯大了，自己也老了，该轻松轻松了吧？不行，三个孩子又先后生了四个孩子，义不容辞地还得去拉扯，还得当保姆。不论到哪个孩子家，一天到晚像个电动陀螺不停地转，做在人前，吃在人后，残羹剩饭舍不得扔，总是她"打扫"。勤俭持家已习惯成自然，逢年过节孩子们给买件衣服或纪念品，买贵些的都要和她瞒价格。我给她买了块好表，她放在家里不戴，不知是咋想的。她一米七二的个头，穿四十三码鞋，手掌和我的一般大，论酒量不比我差，只是平时不喝罢了。别以为她是一个粗犷的女汉子，其实她很温柔、很细心哩，我下乡、外出次数多，每次回到家，她都要问我想吃点什么。我这个人不会做饭，没资格挑肥拣瘦。她每次问我时，我就说"随便"。可是，她却从不"随便"，做出来的饭菜正是我希求的，她真是善解人意啊！我有睡午觉的习惯，在我午睡的时候，她干活总是轻拿轻放不出声响，并且不让孩子打搅我，实在制止不住，就领他们到外面去玩，把房门轻轻地关上。她不会跳舞，也从不跳舞。，1992 年我身体欠佳，她就从头学起陪我跳舞，舞姿还相当不错。去年，我们全家在广州二女儿家过年，举办家庭联欢晚会，结束时对每个人的才艺表现进行评奖，经过大家无记名投票，结果是她获得了一等奖！

　　我家兄弟姐妹八人，我是老大；她家姐弟两人，她的弟弟有三个孩子。我们的家族、亲戚阵容很大。她就是这个家族的"大内总管"和"纪检书记"。大家都对她很尊重，我兄弟姊妹们和她兄弟的孩子哪个哪年出生、属啥几时生的她都一清二楚，甚至孩子们的孩子的生日她都知道。挂在她嘴边儿上的话是"自己的东西不要轻易舍（浪费），别人的东西不要轻易占，尤其是公家的东西更不能轻易占"。她在退休前，曾做过盟工商处的财务科长工作，大家对她的评价是正直、公道、不怕得罪人，都亲切地称她"吴大姐"。在单位是这样，在家里照样严厉，1992 年，我的仕途受到挫折，她严厉地询问我是否有问题，我说没有。她不太相信，又一次次地质问，并劝我有问题就承认、就改正，那架式比纪委书记还纪委书记！我庆幸自己身边有这位"纪委书记"，经常警告我，使我少犯错误。我在化德县当财政局局长时，和税务局合盖一栋办公楼，税务局局长人很本分，靠得住，所有盖楼事宜都托他去办。一天，包工头趁我不在时来到我家，送来一千元钱，她坚决拒收，包工头扔下钱就走了。她立马给我打了电话。第二天，我把钱退给了包工头，她还是不厌其烦地追问我退回没有。

唐山大地震那夜，我喝多了酒，睡得很沉，地震时，化德县城关镇震感强烈。她被震醒了，感觉出家具有响动，并听到了街上有人喊叫"地震啦"，她使劲地推我、搡我，我还是没醒，她没办法就躺在我身边，一动不动。

第二天，我知道昨晚地震了，问她知道不，她说知道。"那你咋不叫醒我？"

"我推你，你不醒，我就睡了。"

"那要砸死怎么办？"

"要死一块儿死！"

听了这话，在哭笑不得之际，也特感动：她是我同生共死的伴侣啊！

感谢上苍将她赐给了我！我们四十余载风雨同舟，牵手并肩，一路走来，健康地走进了人生的秋天。在以后的岁月里，我知道该如何珍惜她。

佛子山探宝

手机悦耳的铃声，把我从昏睡中唤醒。我把手机放在耳朵上，"喂，喂，还在睡？昨天我们定的事你忘记啦？快起来吃早点，然后我们就出发"。

定的什么事？我定顿了好一会儿，脑子里恍恍惚惚有了点印象——

昨天到南宁，本想约一位朋友出来"坐坐"，那朋友说，正有人请他吃饭，早定好了的，并让我们和他一同去，说都是朋友千万别见外。我说你忙吧，咱们改日再见。谁知不一会儿，朋友来电话，说请客的人要和我通话。请客的人在电话里说，他很想见见内蒙古的朋友，今日会一会也是缘分。盛情难却，我和如成只好去了。

按照手机里信息的指点，我们按时赶到了饭店。这是个庄园式的饭店，外表并不起眼儿，里面却很豪华，从餐馆玻璃柜里放着的几个大干鲨鱼翅可知饭店的档次。大家见面，握手，寒暄后落座。桌上的菜很丰盛，特点是以汤为主。我突然想起了《阿凡提的故事》里的一句话："请朋友吃肉，请朋友的朋友喝汤……"这汤可非同小可，我认识的有蟒蛇、乌龟、鸟类，大多数不认识。主人见我望着桌子上的菜发愣，就提议大家先干一杯。他见我还没举筷，就说："来，吃呀。这些东西在你们内蒙古是吃不到的。"说着，拿起公筷从小火锅里给我夹了几块肉，接着拍拍我的肩膀："老兄，吃吧，吃吧，这些东西也不是我们这边的，是越南那边的……"

两杯酒下肚，主人兴奋起来，他说："内蒙古人好客、豪爽，我有几个同学和朋友就是内蒙古人。内蒙古人好打交道，我就喜欢和内蒙古人交朋友。"说着，他带头与我干了一杯。这一干不要紧，一桌人都来向我敬酒。如成不喝酒，我总不能扫大家的兴，常言道：江山易改，秉性难移。喝了一圈敬酒，我的激情也燃烧了起来，来而不往非礼也，我又回敬人家，很快我喝得头大了，美味佳肴没进肚，酒倒是没少装。

席间，他们听说我们是矿山的，而且如成在一个中型企业当过副矿长，就说起他们最近在上林县发现了一个银矿，储量可观，品位也很高，想邀我们去看看。

"如果真是这样，那可是个有价值的大矿了。"如成说。

"没错，我们化验过。你们去看看就知道了。"

……

我的大脑里只回忆到这儿，电话里所说的"定的事"，大概就是到矿山"看看"了。

现在我只感觉到头痛，口渴，浑身酸软，床头柜上有杯凉水，我一口气灌了下去。

吃早点时，我没胃口，平时我很喜欢吃桂林米粉，今天看到它就反胃。我只喝了一大碗豆浆，就跟大家上路了。

我们要去的地方在宾阳的西北方，距上林县四十多公里的叫镇圩瑶族乡，我们要看的矿在这个乡的佛子山上。路上，我问领我们去的人这山为何叫"佛子山"，他们说不清楚，他们曾问过当地老乡，老乡们也说不知道。

"美在广西"名不虚传。广西境内大部分地区都属于喀斯特地质结构，石灰岩易溶于水，经造物主鬼斧神工的精雕细琢，把一处处精品献给人间，它们的美，人类是造不出来的，所以我第一次来桂林时就叹到：大美属自然，人置身于这种环境中，那种心旷神怡的美的感觉是语言和词汇无法表达完全的。

从镇圩瑶族乡一出来就是山路了，一条三米多宽的路弯弯曲曲盘绕在山腰上，山上古树茂竹，山下沟壑纵横，往前看山、天、树几乎一色，前边有多少山不清楚，车只是向前，沿着路转。

不一会儿，前面已经没有人修的路了，我们只好下了车。站在那里，左看右看，上看下看，满目青山，重峦叠嶂。刚下过雨，一朵朵白云从古树中不断地升腾出来。正慢慢地与天空粘连、融合在一起。我们站的地方还是悬崖绝壁下，四下见不到人烟，只有鸟叫和虫鸣……我顿时来了精神，取出相机，从不同方向不同角度拍了十几张照片，还请别人给我留了影——佛子山，仙境也！

要登山了，每人拿了瓶矿泉水，都把背包放在车上，唯有我觉得背上它才安心。与其说我们在登山，不如说在攀岩。开始我觉得还行，过了一个多小时就有些力不从心了。脚下的岩石并非常见的石头，而是由雨水常年打磨出的巨棱的石刀、石斧，且刀口朝上，手抓脚踩都有危险。山上的草和树都不高，在雨水淋出的小溶洞中，聚有山羊的粪便，还有一些大小不等的类似蜗牛的躯壳，有圆形的，也有长锥形的。我对这些很好奇，就把它们聚在一起，查看，拍照。由于我们的惊扰，偶有野鸡从头顶的岩缝草丛中扑棱飞起，在不远处落下。

"还有多远？还要走多长时间？"我喘着气，抹着汗问向导。他边攀登边说："快到了，快到了。"当地有句俗话说："看见房，走断肠。"我知道问也没用，路是走出来的，不是问出来的。既然上来了，就不能半途而废，手脚并用往上爬吧。渐渐地我感觉到，身上的挎包背左边不得劲儿，背右边也不得劲儿，肚子开始咕咕叫。我忍不住又问："那储量可观的大银矿在哪儿呀？"

向导回过头说："这脚下就是啊，再往上就更好了。"我晕了，这脚下都是普通的石灰岩呀，我指指脚下问如成，如成摇摇头："认不准，看不出。"为了亲眼目睹含量可观的好矿，我们只好咬紧牙关向上爬。爬着爬着，感觉天暗了下来，并有凉风吹过。我抹了把汗水，抬起头，啊，要下雨啦。向导年轻，手脚灵便，一直领先我们三十多米。这时，他也停了下来，转过身，我们看到他也满头大汗，汗水把衣服紧紧地黏在身上。他说："看这天气，恐怕雨要来啦。要不我和小彭上去取样儿，你们在这稍等。"谢天谢地，这个主意好！没等其他人表态，我先开了腔："好，好！"此时，我想前边有个现成的金娃娃我也不要了。"人是铁，饭是钢，一顿不吃饿得慌。"真乃至理名言，从 1962 年以来，我再一次体验到了饥饿的滋味：一种说不出的难受，心慌、冒虚汗、站不稳。不服输是不行的。年龄大了，肚里空空，昨晚那桌豪宴只装了一肚子的酒，早餐又粒米未进，再加上五个小时的爬山，就是年轻人也受不了。正好向导这么一提，我有了台阶下，人老了面子还是要的：不是我们上不去，是老天要下雨啦！

毛主席诗云："无限风光在险峰。"果然如此。停下脚步，登临送目，佛子山周围的石峰奇形怪状，有的像牛，有的像羊，有的像驼，有的像狮虎跃纵，有的像鹰隼展翅，构成了一个天然的奇石博物广场。比我见到的任何一个奇石馆都恢宏壮观。由于静下来，依稀听到脚底下有潺潺的流水声，这下边石缝间或有一条暗河，水量不小，说不定有个大溶洞……这么美的景观，要在平时，我定会激动得忘乎所以，可现在我懒得相机都没掏。赏美景需有好心情，我现在的心情，一是饥饿；二是考虑怎么才能尽快下山。两个年轻人还没返回，雨就来了。先是像飞机进了云层，白色的雨雾呼啸而来，刮得人摇摇晃晃，接着大雨滴稀稀拉拉打下，随后大雨如注，水花四溅，我们几个人立马成了落汤鸡。佛子山融入一片烟雨中。刚才我们还大汗淋漓，现在又瓢泼冷水。雷很响，我们不敢到树下避雨。近处有个悬空的石盖，我们正想爬进去，向导回来了，连连摆手："我们赶快下山，云都铺平了，这雨一时半会儿过不去，雨大了怕有塌方。"这时，我们也只能任凭他摆布了。

我的左腿在二十多岁时打篮球摔伤过，半月板撕裂，落下了毛病。走下坡路时不注意扭一下就钻心地疼。如成老兄比我大两岁，此时，他把手中的一根一米多长的竹竿递给了我，并走到我前面，说："跟着我，我给你在前边踩路。"

"下雨路滑，一定要踩实了。"这是每次上山下山他叮嘱我的话，接下去就是"观景不走路，走路不观景"。今天他没说后一句，因为此刻谁还有闲情逸致观景呢。他的话还没落音，就打了滑摔了一跤，幸好有棵碗口粗的树挡住了他，不然滚下去，后果不堪设想，真险啊，我马上想到了"一失足成千古恨"这句话，我的心头一热，多少年来，我的这位老兄总是先人后己。他的这一摔，倒把我摔醒了，这时我已顾不得雨有多大、肚子有多饿、背包有多沉，只有一门心思走好路。一步一个脚印地探路，踩实了再抬脚，脚踏实地走下去。我悟到，人生亦如此次佛子山的旅程，一个美丽的诱惑，激活了你自以为不太容易上当的欲望，让你走上了险路，攀上了险峰，进入了险境。你想知险而退，上山容易下山难，不注意就会"一失足成千古恨"。因此，不管暴风骤雨，不管险象环生，你必须一步一步踏踏实实地走下去。这里没有旅游景区花钱可雇的滑竿，只能靠自己。当然，这时如有朋友递过一根竹竿并为你探路，在关键的时候拉你一把，这种友情是最难得、最珍贵的，有时会改变你的人生之路。此次来佛子山探宝，这可谓探得的珍宝之一吧！

我们步履维艰、小心翼翼地走了两个多小时，总算下到了山底。大雨仍在倾注，可我们的心情却平静了下来。路上我们见到了几处塌方的乱石，增加了我们的恐惧感和庆幸感。在不到三米宽的水泥路面上，我把手中的竹竿敲得"笃笃"有声，像是警示之声，警示什么，我一时也说不清。

　　无意中，看到路边有位戴斗笠的老农，在放牧两头水牛，背景是葱绿的稻田，稻田后是云遮雾绕的钟乳岩。这个画面，展现了一种原始的、自然的美。我掏出相机，留下了这个实实在在的大美镜头。

　　雨还在下，而且越来越大。路过一个小村庄，路边有个小饭馆。我们钻进去，围着一个一尺多高的圆桌，坐在半尺多高的小凳上，一阵儿上来几个农家菜，一盆白米饭。我们一个个狼吞虎咽，那个香呀！昨天那桌豪宴，人们是偶尔动动筷子，今天对这粗菜淡饭，却来个风卷残云。我一连吃了三碗，还把糊在碗边的米团及掉在桌上的米粒儿放进了嘴里。

　　古语说："民以食为天。"我说："民以食为天最初来源于人以食为天。"这是我们此次佛子山所探到的又一宝也！

敦煌行

  我不是专程来敦煌旅游的，因此也不是在最美的季节来敦煌的。敦煌，对我来说有一种神秘的向往，这种向往是在我初中快毕业时产生的，并且有段不光彩的经历——

  "文革"开始那年，我在化德县一中读初三。学校停课了，热衷于"运动"的人忙着斗和批，家庭有些"问题"的人则靠边站，无所事事。一天，我和一个同学路过学校图书馆的走廊，我习惯地朝用木板封住的窗户看，突然觉得情况异常：木板似乎被人撬过，虽然按原样摆了起来，但钉子不见了。我透过木板间的缝往里瞧，见里边窗台上堆了好几摞书。我俩交换了一下眼色，都明白了什么，便轻轻地拿开木板，把里边窗台上的书拿出来，再把木板照原样摆好，怦怦直跳的心一下子难以平静。这些书放何处呢？是不能带回宿舍的。我马上想到了谢老师，他和学生们感情好，而且他的办公室和宿舍在同一个走廊里，不易被人发现。于是，我俩各抱一堆书敲响了谢老师的门。当他明白了我们的来意，开始还有些犹豫，后来还是同意了，他掀起铺盖，让我们把书铺在床底。我们约定好，这些书暂时别看，听听风声再说。半个月过去了，没听到什么有关"丢书"的消息。这天，我和那个同学去了谢老师家。他掀开褥子让我们看，我看到书的数量明显少了。谢老师笑着说："有几个老师借去看，还没送回来。"我还能说什么呢？有书大家看嘛，况且这也是学校的书。我想，自己"偷"了一回，咋也得留几本呀，连书名都没细看，抓了几本就放进书包里。回到家，打开书包，见有两本鲁迅文集、朱自清散文集、唐诗选、宋词选，还有一本巴尔扎克的小说和一本泰戈尔的诗集，最显眼的是一册敦煌壁画，精装，标价也最高。后来，就逐个儿看这些书，看过了就悄悄传给要好的同学看，而且大都有去无回，最后，手头只剩下这册敦煌壁画，没事翻翻，它也不难看，只是看不出什么门道，就知道莫高窟在敦煌，藏经洞里发现了很多好东西，连外国人都眼红。当时，我想如果能亲自去趟敦煌，亲眼看看这些国宝该有多好！

2001年，我开车到阿拉善盟开会，会后观赏了胡杨林和酒泉卫星发射场，再往西去了张掖，这里离敦煌不远了，由于时间紧，没能成行，就连张掖的丹霞地质公园也没看成。有人安慰我说："敦煌不去后悔，去了也后悔。"我觉得此言大有吃不上葡萄就说葡萄酸的意味。

这次可真的到敦煌了。鸣沙山和莫高窟是必去的，但是只有一天的时间，因为已买了返程的机票。

凌晨六点，我们起床，在酒店雇了辆出租车。按照司机的建议，先去鸣沙山后去莫高窟。

赶到鸣沙山，太阳刚露脸，把一抹抹金黄涂向山体，使山体很有立体感，很显凄美感。天气有些清冷，但在这个时节这就算是难得的好天气了。

游人不多。我们到刚开摊的铺子租了橘黄色的软筒靴和手套，再走到两峰骆驼旁，按排号，一个裹得严严实实的妇女牵过两峰骆驼，骆驼按照主人的号令，跪卧在我们面前。我们知道要进沙漠上沙山，没有骆驼是不行的，因此没有犹豫就骑了上去，"咯瞪"一声，骆驼站了起来，我们的身子晃了晃，坐稳了，便踏上了通往鸣沙山的路。

女人牵着骆驼走在前边，缰绳很长。沙路漫漫，四野空寂，沙山连绵起伏，山脊如刀削斧劈闪着寒光，瓦蓝的天空还留存一两道喷气式飞机抹下的白烟。山下的树木都卸去了浓妆，露出了开阔的视野，远望，景物苍凉，风光寥廓。我大着胆把缰绳交给一只手，腾出另一只手摸出了相机，前后左右远近拍了好多照片。

女人在前边默默地走着，不说一句话。脸上，捂个遮住全脸的大黑口罩，只露两只眼睛。一路上很寂寞，只听到骆驼喘气的声音，而且一声比一声粗，说明山坡越来越陡了。我看着女人的背影，她的步伐很矫健。我想打破沉闷的氛围，便没话找话："你是当地人吧？""是，离这儿不远。""你的骆驼膘情可不怎么样，你看驼峰都耷拉了。""就这，每天都得喂一百多斤草，还加料。旅游淡季一天轮不上一趟，挣不了几个钱。""那，种地也能补贴点儿吧？""地都让旅游点占了，每家给发两个骆驼票，自己买骆驼……"女人说话声音很低，嘴上又捂着口罩，勉强能听清楚。"那，可以出去打工呀。""我都五十多岁了，打工谁稀罕？"我吃了一惊：五十多岁了？看她那身段、那步伐也就是三十岁的样子。"不可能吧……"我的惊奇使她停下来，返回头："那还有假？我的两个孩子，一个大学毕业待业在家，另一个在银川上大学……"我回过头和同伴老张交换了一下眼色：不会是在鸣沙山上遇到"天山童姥"了吧？

在山顶的一座帐篷旁，女人把缰绳拴到一个木桩子上，骆驼"咯噔"一下跪下，我们顺势下来。女人说这儿可以照相、可以滑沙。我想让女人摘下口罩，看看她的"真面目"，就说："你可否摘下口罩，咱们合个影行么？"女人像被针扎了一下，快速躲开我们，并连连摆手："不不，我不上相，你们快照吧。"人，就是怪，人家越是不让你看，你就越是想看，这黑黑的大口罩，到底是为了遮挡什么呢？是大漠的风沙？还是别人的目光？被遮挡的是沧桑留痕，还是风韵犹存——我胡思乱想着……

忽然，耳边传来轰鸣声，像风、像雷。我抬头看天，天上仍然没有一丝云。哦，我突然悟到：这是鸣沙山呀！

月牙泉在鸣沙山的一个山湾里，两座沙山相距不过二百米，很难想象弥漫的风沙怎能容得一弯小小的泉水？可就是这一弯小小的泉水，在沙漠生生存在了千百年，如一弯新月，清澈明亮。在距泉近百米的地上立一石碑，上面镌刻着中国书法家协会名誉主席张海题写的"月牙泉"三字。沙漠涌泉，本已稀奇，而这泉又在两座沙山脚下，别说是水，就是块玉，历劫千百年也会被消磨掩埋得无影无踪。这月牙泉就是天上新月的投影，投在沙域，成为烈焰不蒸，沙埋不掩的大自然杰作！

在沙山脚下，月牙泉边，我掬一捧五色沙，对着阳光，让沙从指缝间款款流下，浮在眼前的已不是五色沙，而似一块柔柔的、软软的五彩云纱，隔纱望去，景物如梦似幻，别具一番风韵。我又虔诚地捡拾如指头大小的石子，归拢在一起细数，真的只有五色：红、白、黑、黄、绿，都是正色。它们，就是鸣沙山细沙的前身。它们要达到鸣沙山顶上五彩沙粒的匀度和细度，还得经过数百年的蚀磨和筛选，从这个意义上说，做沙粒要比做石头难得多。那么土呢，土地呢？沙石只有变成土才能与水亲和，才能容得万物，才能实现实质的伟大，俗人往往只注重巨石、奇石，而忽视了沙粒和泥土，岂非本末倒置。

一阵风刮来，眼前的细沙真地向山上蹿动起来。我只知道水往低处流，却没见过沙往高处走。这像是一种演示，说明月牙泉为什么能够久存的原理。据说，有韩国人来这里研究和考证，说鸣沙山脉是一个八卦图，如果是真的，那也是大自然的鬼斧神工。

在去月牙泉的路上，我就发现了路旁的柳树和其他地方的不一样，它的枝条很柔软，像涂了一层油，又像是春天萌芽时节泛着绿。在回来的路上我特意来到柳树下，果不其然，柳树就是发着芽哩！遗憾的是有人把这软软的枝条绾成结，一束束吊在枝头，看了叫人心痛。再看有些游人乱丢杂物，使景点污迹斑斑；再看那几个游人不走正道，专门去践踏沙山的锋刃，实在令人发指！

赶到莫高窟，已是下午三点钟了。莫高窟又称千佛洞，迄今保存的多种类型的洞窟753个，壁画4.5万多千平方米，彩塑2400余身。1900年，于藏经洞发现西晋到宋代各类文书及绘画作品5万余件。

1961 年，它被国务院列为第一批全国重点文物保护单位，1987 年被"联合国教科文组织"列入《世界文化遗产名录》。因为是重点文物保护单位，所以参观价格不菲，平时门票一百六十元，现在是淡季，每人八十元，我和老张都年过六十，享受优惠，每人四十元。

大概是准备关门了，检票口的工作人员让我们等一等导游。一到这儿，看到"莫高窟"三个字时，我就有一种莫名的激动，到正门看到"石室宝藏"时，便有些急不可耐了。二十多分钟后，导游急慌忙乱地赶来，她见游客只有四个人，又见我戴着眼镜，手中还拿着笔记本，就问我是不是专门来考察哪个窟的，我说不是，只想多看看多了解些。她说你们来得有些晚了，我就给你们打开几个有代表性的石窟看看吧。听了这话，我的激情有些失落，可是当导游把一个石窟门打开时，我还是觉得一股厚重的历史之风扑面而来。石窟内没有照明设备，只凭导游手中小小的手电筒划来划去。我们进入了佛界，有的石窟只有一尊菩萨，有的两尊，大的有几十米高，如其中一座据说是唐代武则天的化身，小的有十几米、几米的不等，有胖有瘦，也有高额高鼻子的。壁画的颜料是矿物质的，有的洞顶画满了小佛，所说的千佛洞可能就指连塑带画的佛像众多之意吧。我心中最想看到的，是我几十年前在画册上看到的敦煌壁画，就向导游提了要求，导游说："对不起，那些不开放，再说莫高窟的编号已重新编过，是很难对上号的。"

导游最先打开的是 1900 年发现的震惊世界的藏经洞，洞窟从外到内普通得不能再普通了，洞窟正中端坐一尊神态安详的菩萨，在洞门的右手旁，有一个不足一米见方的洞窟，从洞窗往里望，里面端坐着一尊洁白的菩萨。整个洞容积不足一百立方米，而就在这么小的地方竟珍藏了数以万计的珍稀文物。原来的洞窟是由两层壁画覆盖着的，可谓天衣无缝。这些珍稀文物既没藏在规模宏大的殿宇，也没藏在巨佛体内或座下，而是放在了很不起眼的一个石窟的旁室，可见珍藏者的智慧和良苦用心，"石室宝藏"可以说是敦煌的核心，假如"石室宝藏"至今不被揭秘，世界就不知有敦煌，敦煌也就不会驰名世界，不会受到如此的重视和保护。

导游又为我们打开了有着两道锁的石窟，说这里的壁画和彩绘很有代表性。在这里，我真的见到了我在四十多年前似曾相识的面孔，尽管，那佛像头顶和肩上落满黄尘，可我还是从那微翘的嘴角露出的微笑认出了它，它的两边站着的一个稍胖一个稍瘦两个徒弟。随着导游小手电筒光点的指引，我们遍览了洞窟四壁的壁画和穹顶的彩绘，满眼皆佛，形态各异，姿态万千。这里壁画上的飞天是"天龙八部"的守护神，黑色的；现在敦煌的标识飞天是后人美化和艺术化了的，形体越来越美，色彩越来越艳丽。遥想当年，艺人和工匠在权力和金钱的驱使下，怀着对上天和神灵的虔诚，倾尽了各自的才艺和想象力，这些彩塑和壁画无疑融入了他们的情感，他们想惩恶扬善，渴望和平公正，祈福风调雨顺、天下太平。为了证明我佛的万能，就塑造了千手观音、千眼观音，世人的一举一动都尽在佛眼。如果你一心向善而遇到了苦难，佛伸出一只手就可拯救你；如果微笑感化不了一些恶人，就依仗面目威严狰狞的守护神了，让恶人做坏事时心存畏惧、顾忌恶报。当然，这些做法的最大受益者是当时的统治阶级，他们为了稳固自己的统治地位，为了更好地奴役人民而消除反抗，就在这丝绸之路的商贾集散之地建造佛洞，有权有钱之人招来天下能工巧匠塑佛身绘佛像，你选一个窟，我凿一个洞，你塑两米高的菩萨，我塑三米高的佛，互相攀比，蔚然成风。而艺人和工匠们为了微薄的工钱，在烈日下、风沙中出力流汗，在他们的手上造出了震撼世界的文物，流传到今天……

我们还观看了两尊三十多米高的彩塑，其中一尊胸部丰满，很明显带有女性特征，据说这是武则天执政期间的杰作。在这儿，我真正地感受到了什么叫敬仰。因为石窟地域的局限，又因为佛像的伟大，你要想瞻仰它的尊容，就必须把头抬到再不能抬的地方。皇帝的尊容是不能轻易看到的，你眼所能及的只是放在半空的巨手，这手执掌乾坤、翻云覆雨，它四周的侍者或叫守护神的虽然也很威严，可是在它膝下却显得那么卑微、那么弱小。

在武则天执政期间，不论是当权者的授意或是艺人工匠的意愿，在建造佛像时很明显地渗入了神权合一、佛人合一。彩塑是人塑造的，又由人去崇拜。真正的佛谁见过？比如说观世音，有人说是如来佛的化身，是男性，我在桂林七星公园的碑林岩洞中就见过长着胡子的观世音菩萨。其实，宗教和文化联系着，在历史中诞生和流传着，是一种形而上学的潜意识。

这次敦煌之行，由于时间太短，连"走马观花"都达不到，但我还是觉得不虚此行。从鸣沙山遇到那位戴大口罩的神秘拉骆驼女人，到亲临千百年夹在沙山之间永不干涸的月牙泉，听到了沉雷般的沙鸣，看到细沙随风上蹿的奇景，又领略了千佛洞的艺术瑰宝和文化的博大精深……我要说，不来肯定后悔，来了一点也不后悔。鸣沙山、月牙泉、莫高窟、千佛洞……请相信，我还会再来的。

▲ 书后和桂林刘善传、李文庆老师留影

◀ 乌兰察布书画院和
桂林八桂画院在桂
林举办联展获圆满
成功

▲ 2016 年在杭州参加榜书艺术高峰论坛暨"盛世钱塘"书法笔会，梁金先、张福林、逯志强和我合影

▲ 在杭州笔会后和张笃恭老师、逯志强、张福林合影

◀ 沈宝玉老师送我手
书"心经"一幅，
并和巴老、常老师
合影

▲ 常老师赐我横幅"澄怀观道"并和韩伟老师
合影留念

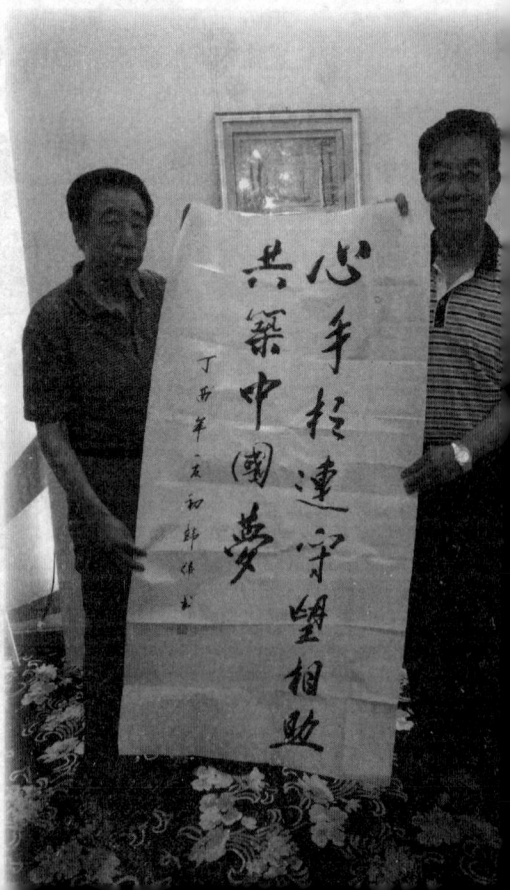

▶ 内蒙古中老年书画
家协会会长韩伟赠
我墨宝

举手之劳

在大千世界里，总有一些见义勇为舍生忘死的英雄事迹，感天动地，令人崇敬，催人泪下。

在日常生活中，也有一些看来只不过是"举手之劳"的小事，但也会震撼人的心灵，铭刻在人的心间。

去年夏天，我在四子王旗的一次审计工作中，接到机关的电话，因急事让我立即赶回。那天下着大雨，好在是柏油路，我们驱车疾返，冲进雨幕之中。车行驶到离乌兰花镇五六十公里的地方，遇上了堵车。下车一打听，原来是前边的小桥被洪水冲断了。大雨还在不停地下，前边的车过不去，后边的车还在陆续涌过来。我们的车不敢继续前行，打算沿原路返回，经呼市回集宁。这样，不仅要绕一百多公里的路，而且肯定会误事的。

司机不停地打听前边的路况；我心急火燎，在车里坐不住，就站在了雨中。

这时，后面上来一辆红色的桑塔纳轿车，看车牌号是当地的车。这辆车见前边的路堵了，就毫不犹豫地掉转车头往回返。无意中，我发现坐在车后面的一个人扭过头，朝我招了招手。我没有看清那人的脸，当然也没看见他的面部表情，但我认定那招手是"跟我来"的意思。我急忙跳上车，告诉司机："跟上它。"

桑塔纳轿车在前边下了便道，绕树林、过村庄。我们的车跟在后面下了便道，绕树林，过村庄……

便道是土路，雨下透了，再加上绕村庄，七弯八拐的，若不是很熟悉路的人，是很难绕过去的。就这样，行驶了二十多分钟，车绕过断桥，上了通往集宁的柏油路。

我又看到红色桑塔纳里坐在后边的那个人掉过头来向我们招了招手，然后那辆车就和我们背道飞驰而去。

我估计他们是到附近村镇办事的。我的司机"笃笃"鸣了两声喇叭；红色桑塔纳也"笃笃"回了两声。他们没有停留，我们也未来得及下车。我们上了正路，一帆风顺赶回集宁，什么事都没耽误。

这是很简单的一件小事。

我不是多愁善感的人。我经历过的事情很多。但不知为什么，这个"举手之劳"的故事，过了很长时间，在我的脑幕上依然挥之不去。

记得当时，我没有看清"那个人"的脸和他的面部表情，我不知道他是谁，也不知道他是做什么工作的。事情过了那么久，我还是时时想起这件事，时时惦记着"他"。我曾想过一定要搞清"他"

是谁，想见"他"一面，我相信通过各种手段一定可以查得着、查得清，因为在四子王旗的这么个边陲小镇，在那样的一个雨天，能出入的车辆是可查的，而且是红色桑塔纳普通型轿车，尽管我没记住它的车牌号。

后来，我还是改变了主意——即使查着了车，知道了"他"是谁，我又能怎样，能和"他"表达什么呢？对"他"来说，这不过是"举手之劳"。

我该把这"举手之劳"深深埋在心里，培育它萌发、壮大、结实，再向社会播撒。我觉得我们现在社会风气的植被被破坏，毒草滋生，亟待大量类似"举手之劳"的种子大面积播撒，来恢复、改善我们的社会环境。

其实，类似"举手之劳"的事情，并非什么大举动，但是做与不做，效果确实相差很大、很大。

记得在我做共青团工作的时候，曾表彰过化德县达盖滩萤石矿的一名青年工人。一次打竖井井下爆破，三名矿工下了井，装好炸药，点燃了导火索，并给信号叫井上立即提升。偏偏这时候卷扬机的保险吹了！井上井下一片惊慌，要知道炸药爆炸危及那三名矿工的生命啊！这时，井上的一名青年工人急中生智，顺手从地上捡起一把改锥，搭在了烧毁保险的两个接线柱上，卷扬机缓缓起动了，三名矿工刚刚爬上井口，井下的炸药爆炸了。

这名青年工人所做的也只不过是"举手之劳"；然而，他的"举手之劳"却人命关天啊！

还有一次，我与几个刚从外地考察归来的同事闲聊，大家说见闻，谈感想，异口同声是开了眼界长了见识。大家说的最多的是人家招商引资搞得好，经济发展快，财政收入增加，人们的工资待遇高，审计队伍的"人法技"建设搞得好……尤其是那些地方城市美丽、干净，人们生活得舒心，等等。可是偏偏有位女同志却讲了一件很不起眼的事——在考察途中，火车进站停下之时，她们几个人买了些老玉米，吃完后顺手把玉米棒扔出车外。这时，那个卖老玉米的老女人已推车走出几米远了，回头看到扔下的玉米棒，又返回身，将玉米棒一一捡起，放进了吊在手推车上的一个塑料袋里。车上人看到了这一幕，目送老女人渐渐远去，大家回过头来，你看看我，我看看你，扔玉米棒的人脸渐渐红了，或许是受了传染，其他的人的脸也渐渐泛红……

这位女同志讲的故事，也无非是"举手之劳"，然而，故事很感人。我想，也许现在做这样的事的人少了，这些"举手之劳"才能震憾人的心灵，铭刻于人的心间，久久难以忘怀。

胸怀一颗平常心

孩子们有了孩子，体会到了为人父母的滋味，生活更加幸福、快乐、充实，同时随之而来的还有紧张、焦虑、困惑。他们时不时地发问："爸爸，你们兄弟姐妹八个，爷爷奶奶是怎么把你们拉扯大的？我们姐弟三人互相只差一两岁，而爸妈都在工作，那些年你们是怎么过来的？"

"养儿方知父母恩。"这是人生的一种感悟。

人的一生，要面对许多事情，这些事情会不自觉地形成压力，压力造成了心情的沉重。要应对这些压力，就要想办法，这就把本来应该快乐、轻松的生活搞得复杂了，问题解决不了或解决不好，就生出了忧虑和烦恼。上了些岁数的人面临最大的、思考最多的问题，就是孩子问题，这个问题最头痛也最消耗精力。有人深有体会地说："孩子们孝顺、争气过得好，你就多活几年；如果摊上不争气、不孝顺的你就少活几年。"

　　什么叫争气？也许有的人认为争气就是工作、生活比别人好，就是出人头地。别人没房子，他有豪车豪宅；别人月工资几千元，他年薪几十万元。如果达不到这个指标，那就是不争气，就辜负了大人的期望了。可我不这么认为，我这人胸怀一颗平常心，对孩子从不寄予太大的期望。我认为，希望和现实毕竟有距离，当家长的应根据孩子们所具备的才气，客观地发现他的特长，培养他的兴趣。首先要让孩子受到良好的教育，其次出校门后有一个他喜爱的工作就可以了。"望子成龙，望女成凤"之心人皆有之，但是且不说龙呀凤呀本来就子虚乌有，就是有，十几亿人能恰恰落户到你家？俗话说："人人都有帝王相，人稠地窄轮不上。"人生在世，有个目标是对的，但不要太高。太高了，达不到，就会产生烦恼，弄不好还会出问题。

　　在我的记忆中，我的父母从未问过我有什么理想、长大了要干什么的问题。莫非他们对我的前途不寄一点儿希望吗？非也。我 14 岁时，还上初中二年级。有一天吃饭时父亲对我说："工程队从口里请来了个木匠李师傅，那手艺太好了，要不你跟着李师傅学木匠吧，有一门好手艺，一辈子吃香的喝辣的。"第二天，他领我去了木工房。时值冬日，木工房的窗户用塑料布包着，有一角被风扯起了，"呼嗒呼嗒"抽打着墙边。屋里当地盘了个"地老虎"，炉火通红，上边放了个胶桶；墙四周立着解开的木料，地上是锯末和刨花儿。两个人正在干活，其中一个年龄大些的见我们进来便直起了腰，用棉袄袖子抹一把脸上的汗。我见到了两只眼睛红红的人称"李红眼"

的李师傅。李师傅见了我很满意，不住地点头。我们出门时，他还特意拉住我父亲，不知说了些啥。过了几天，父亲买回了锛子、锯子、斧子、凿子等木匠工具，让我退学去学木匠，并说："李师傅挺看中你，说你人机灵，身大力不亏，答应收你做徒弟，人家一直没收过徒弟的。"我理解父亲，他是为我好，况且我也不小了，不能再吃闲饭了。可是，我的班主任老师还是希望我上学，就三番五次到我家做工作，父亲最后答应了老师，我没当成木匠。有了这次经历，我好像长大了、懂事了，开始珍惜在校的时间，学习上更用功了。

"当个木匠，一辈子吃香的喝辣的。"这就是我父亲当时对我的期望，给我设定的目标。可惜他的目标没有达到，我没当成木匠，却到打井队当了一名钻井工。我对这个工作很满足，干起活来很上力也很认真。下乡打井实行三班倒，即八小时工作，八小时睡觉，还有八小时的空闲。有了这空闲，我就看点书，试着写点东西，觉得很充实。第二年，我当了机长，带领十来个人，大家合得来，工作也各有分工，用不着我操多少心。于是，我一直坚持着看书，写东西。那时候，正开展"农业学大寨"，县里领导下乡蹲点十天半个月是常事，而且真的是与农民同吃、同住、同劳动。一天，我休班，正在炕上以被当桌写着什么，县委刘书记推门进来了。"嘀，小韩，你在鼓捣什么？"刘书记是北京人，说得一口标准的普通话，不到50岁，两鬓已发白，说话总带着笑，让人感觉很亲切。我急忙下地，他一边摆手一边拿起我写的东西看，问道："听说你们现在打的七号井见了含水层，有多厚？"他问我答，谈了一些打井的事，其间他又看了我放在炕上的一些书，说："年轻人多看点书、多学点东西，没坏处。"要出门时他又转过身说："把你写的东西拿给我看看可以吗？"我不好意思地说："不成个东西，怕您笑话。"他说："我时间少，不能全看，想找个人给你看看。"就这样，我写的二百多页稿纸被刘书记拿了去，听说他把这些东西交给了宣传部的人。后来听农牧林水局谢副局长说，刘书记有意调我到革委会秘书科当秘书，而当时局里也在培养我。不久，我调到局里，转了干入了党，当了局里党总支秘书——这是我人生的重要一步，这一步并不是我朝思暮想强求的，而是不经意的情况下遇到的。当然，这与我的学习和写作有很大关系，我学习和写作的动机很简单，就是爱好。

从此，我在党政机关工作，从这里调到那里，当然也有进步、升迁。退休时，我的工作履历表上填得满满的，工作单位变动过十次，这十次变动，只有一次是我主动呈请的，那就是还差一年到"龄"的情况下，我从市审计局长到了人大专委会。常言道："走"与"留"都是顺其自然、随遇而安的，并没有刻意去追求，所以，也就没有失意、烦恼和过多的紧张。今天，回顾走过的路，我很轻松，也很知足。我想父母的在天之灵也会满意的，虽然我没能按父亲设计的目标去当木匠。那套木匠工具还在，有的连刃都没开过，我叮嘱五弟替我把它们收藏好，它们能给我带来回忆，能见证我人生的一个转折，它让我想到亲人、亲情，还有很多。

我父亲当年让我当木匠又同意我不当木匠，是胸怀了一颗平常心；我走上政坛，宦海沉浮，也胸怀了一颗平常心；我教育自己的子女，对待子女的前途亦胸怀了一颗平常心。三个孩子找对象，一个是司机的儿子，一个是渔民的儿子，儿媳的父亲是铁路工人，我们没参过一言，只要自己看对就好。如果没有这颗平常心就会带来过多的烦恼，甚至遭遇挫折。我二舅就是这样。

二舅二舅母都是大学生，两人又是同学，后来又分别在商都县两个中学当领导。我表弟的学习成绩一直很好，他们觉得脸上有光，表弟成了他们的骄傲。高考时，舅父舅母担心孩子发挥不好，就给监考的老师有过暗示。有一个老师在手背上写了个公式，伸出拳头让表弟看。其实表弟对那道题会做且已做完。他看到监考老师把拳头放在考桌上，不知道是啥意思连看也没看，一阵心慌，影响了考试情绪。表弟高考成绩不低，被北方交通大学录取，一家人都很高兴。谁也没想到，那个在考场上往表弟桌上放拳头的老师为了表功，逢人便说校长的孩子在高考时要不是他如何如何……说者无意，听者有心，很快引起了上边的重视，专门成立了调查组，结果是舅父舅母被撤职，行政降级，并召回在北方交大已读书三个月的表弟。北方交大认为我表弟入学后复试成绩优秀，平时学习成绩也名列前茅，县里的处理是否重了？就诉求不要召回去。可是县里还是坚持召回。

这次是我去北京接的表弟。交大的老师和同学都愤愤不平，送别仪式很隆重，大家勉励表弟明年再考，上了分数线，还来北方交大，我们都等着你！表弟很争气，第二年高考以高出一本线几十分的成绩报了北方交大志愿，结果很快被录取。

舅父舅母从小都没受过什么苦，学业有成，事业如日中天。谁知一念之差，出了变故。痛定思痛，他们后悔由于虚荣心做怪，害了自己也几乎害了孩子。这件事对他们的打击很大，两口子落下了心病。胸怀一颗平常心做人，活着才不会很累。

小湖泊大景观

青海湖，令我向往。它边缘碧绿，中间深蓝，灵光闪闪，浩渺壮观。这两年，我与它结了缘，从西宁到乌兰县，必经青海湖畔。有时迟有时早，来去匆匆。偶尔停下车想到湖边拍个照，总会有人上前来干涉，说这是他的地盘，弄得你很扫兴。没办法，只好在远处用变焦镜头拍，慢慢回放，觉得很有看头。

这次路过青海湖恰在中午。我们下决心要到深处看看——不到青海湖能算是到过青海吗？不到鸟岛能算是到过青海湖吗？

此时正是旅游旺季，一路上人很多。我们按照路牌的标识直奔鸟岛。快到鸟岛时，看见一些人在路边招揽生意。我们不屑一顾，驱车向前。这时听到一个大嗓门儿喊道："看鸟儿到我这儿，决不失望！"那人皮肤黝黑，人高马大，一看就是当地老乡。他向我们招手，我们报以微笑，但车未减速。

　　景点门前，人山人海，乱哄哄一片，人和车相混杂，人的吵叫声和汽车喇叭声相争鸣。在我的想象中，鸟岛是鸟儿的栖息之地，应该悠闲、安静，而不应该是眼前这个样子。景点门前竖立了许多广告牌，上边有各种珍稀鸟类及它们生活的场景。就是想看广告牌上的鸟儿也非易事，广告牌前人头攒动，摩肩接踵，远了看不清，近了看不着。我的心里很不是滋味，唉，这些年人多了，鸟少了，物以稀为贵，人们看鸟成了奢望，不然这么多人从全国各地车马劳顿、费力耗财来干什么？

　　我心烦意乱，挤出人群，上了车，原路返回。走了不远，又碰到了那位黑汉子。这时已经到了吃饭的时候，我们停下车，和那汉子聊了几句，就跟着他走到不远处，进了一个不十分标准的蒙古包。

　　天很热，心很烦。那壮汉说了些什么，我也没听进去。他好像看出了我的心思，就到包外拉绳打开了天窗，一阵凉风吹来，让人舒适了许多。这时，我才听清了壮汉的话："真的，不骗你，来我这里看鸟，决不后悔。"他用粗大的手掌比画着。"那里，"他指着鸟岛的方向，"人多，太远，看不清；我这里什么鸟都有，好看，真的，不骗你……"我苦笑了一下：这蒙古包里怎能有鸟？我走出蒙古包，眼前是一片荒野哪里有鸟儿的影子？唯有一只头顶上刚刚冒出两个小肉钉的白色羊羔跑过来，用头顶我的腿。这小家伙挺可爱，我就蹲下来用两个拳头与它对撞。小家伙来了兴致，退后一两步向我撞来时，我一闪身，它撞空了，收不住脚跪在了地上。它站起来时，生气地看了看我，似乎在说"你骗我，不和你玩了"便悻悻而去，惹得人们哈哈大笑。壮汉一边咧嘴笑，一边指给我一条羊肠小道，看得出这条道是由许多人踩出来的。他说："你们顺着这条道往前走就知道了，决不后悔，有鸟，不骗你。"一个妇女走过来，一笑露出两颗金牙。壮汉指指看样子是他媳妇的这个女人说："我们做饭，你们去看鸟，有看头。"我们也想尝尝青海湖边的手扒肉，而这是需要时间的。

我们向前走了一公里多，不远处突然出现了一个长形的湖面，让人眼前一亮。这是一个长一里多，宽半里多的湖面，很显然是与青海湖连通着的，湖水虽没有大湖的那种平淡和幽静，但是倒映着蓝天和白云也很美。湖岸没有高大的树木和灌丛，只有人工垒起的几个大石头堆。天气火热，离我们较近的有几十只鸟儿，有白色的、有黑色的、有灰色的、有黄色的，有的脚长嘴尖、有的腿短嘴扁，有的脖子细长、有的脖子粗短，此时它们中有的在水中游弋，有的在湖边梳理羽毛，也有的把头塞进翅膀在睡觉……往远看，对面湖边的密密黑点都是鸟儿，斜坡上还有一大片。这些鸟儿看来不怎么怕人，但我们这几个不速之客还是惊扰了它们，有几只鸟发现了我们，站起身伸长脖子"咕咕""咯咯"地叫了几声，像是拉响了警报，对岸和斜坡上的鸟儿"叽叽""咕咕"地回应着。我们这才发现了人们垒起的石堆的妙用，是为了让看鸟人隐蔽藏身的。此时，我们想隐蔽已来不及了，先是离我们最近的那几十只鸟扑扑棱棱惊叫着飞起来，接着对岸的鸟儿开始躁动。有的伸长脖子鸣叫，有的双腿舞动展翅欲飞，小湖不再宁静，响起了嘈杂的鸟鸣声，粗细交响，长短相合，急平错杂，组成了货真价实的鸟类交响乐！

我为破坏了小湖的幽静和鸟儿们的悠闲感到内疚，想就此离去，可眼前难得一见的珍稀鸟类生存的场面强烈地吸引着我，我掏出相机，将身子尽量压低，慢慢地向石堆移动，到了石堆后面，大家屏声静气，激动地捕捉着难得的一个又一个镜头。烈日当头，无遮无拦，头上的汗水直淌。我的相机储存卡已满，只好删除了些画面再拍。不知不觉太阳开始偏西，天不那么热了，肚子已"咕咕"叫了，我们还是不想离开。小湖已恢复了幽静，鸟儿们也安静了下来，这时就是不照相，把照相机当望远镜用看鸟儿也挺有趣味。

突然，鸟儿们又叫起来，这回是"嘀嘀咕咕"，"叽叽喳喳"，没有惊慌和恐惧，似交流与诉说。原来，那壮汉已站在我们身后："肉都烂在锅里了。只顾眼睛，不顾肚子了？"壮汉指指眼睛又指指肚子，"决不后悔吧？我不骗人。"壮汉为自己的许诺得到了证实而得意，嘴角眉梢都堆起了笑，他大手一挥，打了声长长的口哨一动人的一幕出现了：眼瞅着对面斜坡上列队飞起两行大鸟，很快进入了我们的视线，它们上下翻飞，时高时低，高可入云，低可溅起水花，对岸的鸟儿也纷纷下水嬉戏，还有三五只结队的鸟飞到我们头顶巡视了一圈。我一边抓紧时间删除相机的一些画面，一边问壮汉："这些鸟儿是否经过了你的训练？"他憨厚地一笑："没有，我们只是相处了很多年。"

蒙古包里，手扒肉成了炖羊肉，大家吃得很多。我们边吃边聊，壮汉是土生土长的当地人，在青海湖边牧马，放牛。鸟岛已很有名气时，这里仍是人迹罕至。有一年青海湖涨水，水溢到这个淖尔，形成了一个不大的湖。开始，有几只伤翅、瘸腿或不合群的鸟儿到这里栖息。因为数量少，壮汉可以数过来，还给它们都起了名字。

处久了，它们也就不怕他了。天寒地冻时它们难以觅食，他就投些粮食给它们。开始数量少，好照顾，现在来的多了，想照顾也力不从心了。

壮汉双眉紧锁，似乎遇到了什么难题，"你们看到斜坡上黑压压的一大片鸟，那就是从鸟岛迁来的。鸟岛上的生存环境一天不如一天，它们就迁来想在这儿落脚，经常对'原居民'进行骚扰。我得保护这先来的几十只鸟，不能让它们受伤害。还有湖对面的那几百只鸟，它们和斜坡上的并不是一群，它们比斜坡上的鸟早来两年，开始也和那几十只鸟争地盘，经过我几番轰赶后，只好在对岸落户。它们既要提防斜坡上大鸟群的袭击，又要时不时地侵袭我那几十只鸟……"壮汉叹了口气："唉，说来都是鸟儿，来了也没什么不好。如果没这些鸟儿，你们能看得忘了吃饭？不过我还是对我那几十只鸟儿有感情，是它们最早来到这里，使这很不起眼儿的小湖成了风水宝地。风水宝地，鸟争人也抢……"这时，壮汉媳妇拉了拉他的衣襟，他下意识地再没说下去。

壮汉的话，很让我回味。告别壮汉，上车离开。因为喝了几杯酒，我很快就迷迷糊糊地睡着了……

又见枳芨

在两个月的时间内，我四次到青海。在这片神奇的土地上，辗转三千多公里。归来后，翻阅西行笔记，打动我的景物历历在目：莽莽祁连、巍巍昆仑、江河源头、河湟谷地，"唐蕃古道""丝绸之路"，国内最大的内陆咸水湖青海湖……自然风光、寺庙古迹、风土人情，等等。其中有一种植物虽不起眼，却也深深地感动着我，那就是枳芨草，也有的地方叫它芨芨草或枳机草。

这次到青海，我是有准备的。中学时我就知道青海是世界屋脊，江河源头。2008年到西藏路过青海，在西宁住了一晚，到塔尔寺转了一圈，没留下什么印象。这次到青海尽管不是旅游，但时间相对来说还是充足的，于是我买了一个大笔记本，把相机中过时的不太重要的资料删去或移存，还买了本青海省地图集，大体了解了青海的地理、名山大川、历史文化和风土人情等。

　　到青海时已是深秋，我们大部分时间是游走在西宁往西的海西蒙古族藏族自治州一带的乌兰县和都兰县。一踏上这片土地，我就有一种回到故乡的感觉，这里的地形、地貌除了海拔高些外，其他与我的家乡内蒙古乌兰察布无大差别，甚至一些地名都相同。这并不是巧合，因为乌兰县就是蒙古族自治县，这是一种历史的渊源。时值深秋，本就稀疏的草木都已枯萎。我的目光扫遍原野，最抢眼的就是枳芨草了，它们的叶子虽已枯萎，可强劲的茎却在随风摇曳，茎上的穗还在有节奏地弹跳。在枳芨茂密之地，阳光下，一片金黄，景色很是壮观！

　　看见眼前的景色，"他乡遇故知"的感觉油然而生。对于枳芨，我是再熟悉不过了，可以说我的童年就是在枳芨滩里滚爬出来的，捉迷藏、掏鸟窝、捡蘑菇，带给我童年的欢乐。在国家三年困难时期，拔十几斤枳芨就能换回几斤面；用枳芨扎扫帚、扎锅刷，耐磨又好用；用枳芨编的荆芭，是搭棚盖房的好材料，几十年的土房倒塌了，房顶上荆芭还像新的一样；用枳芨编的囤围子，用一个冬春没问题；用枳芨编的炕席结实耐用，手巧的人编进些图案、花纹，简直就是件工艺品；用枳芨编个小笼子，把会叫的昆虫装进去，挂在房檐下，听小虫子唱歌，令人陶醉……这次在雪域高原的青海，又见枳芨，想起了它的许多优点，更令我对它刮目相看了。

　　看着枳芨，我不由地想到了梅兰竹菊，号称"四君子"的梅兰竹菊，以其洁身自好、高风亮节赢得了人们的称赞。我觉得，"四君子"的高洁品质，枳芨都或多或少地具备。梅，铁骨凌寒、傲雪报春；枳芨在极寒中也冻不僵，而在荒凉之地见到春天的第一抹绿色，必定是枳芨滩。竹，宁折不弯、虚心有节；枳芨，亦有节有虚心，在狂风中挺起身躯。菊，顶霜傲露、高洁清幽；枳芨也有细小的花，深秋扬花，临冬撒种。兰，清新淡雅、柔优素净；枳芨柔叶似兰，细小的花儿也有淡淡的清香……

枳芨能在各种环境中生存，全国各地几乎都有它的身影，我就曾在广州市郊见过它。特别是在高寒地带，其他物种近乎灭绝，可它仍顽强地奋发显露英姿。它尊崇自然，热爱土地。狂风肆虐，它不但不屈服，还借助风力把自己头顶细小的种子抛撒出去，风越大抛得越远，顺其自然地把种子交给土地，以至子子孙孙生生不息。在较好的环境下，种子们会不失时机地茁壮成长，我在牧区见过高达两米多的枳芨。在艰苦的环境下，有时一年也等不来一两场雨，这些像针尖般的种子就忍耐、等待，只要天降下几毫米的雨，在石缝中、砂石下小生命就会萌芽，一旦萌芽，就显示出顽强的生命力。它酷爱土地，无时无刻不在收集土粒、扬尘，把它们紧紧地拢到自己的根底，并用叶子将它们拥住、护住，你蹲在一墩枳芨旁细细地看，就会发现，枳芨的茎叶虽然连在一起，但它们中间都有泥土相隔，茎从泥土中蹿出拔高，而叶子仍扎在泥土里。它懂得离不开土地，那些被肆虐的狂风扬起的微尘细粒，正是上天赐予的宝贝，尽管细、微，但聚在一起积少成多就成了土地。枳芨喜爱微尘和沙粒，而沙粒和微尘也愿意和枳芨一起生活。看，大大小小的枳芨墩下都有个突出的土堆，枳芨聚拢了土堆，土堆滋养着枳芨。大爱，造就了枳芨挺拔、柔韧、坚忍、顽强的本性，并以自身的价值造福人类、造福自然，每当牧区遭雪灾时，枳芨总是把身躯挺直，把自己珍贵

▲　　青海枳芨滩上的牦牛群

的顶尖嫩茎慷慨奉献，让牲畜度过灾荒，让牧人渡过灾难。

　　春夏秋冬，枳芨都活得那么自然、那么欢快——

　　春天，原野上最先泛青的地方一定是枳芨附近。枳芨墩聚积了一冬的冰雪，白天是雪，晚上成了冰，像一层薄薄的玻璃。阳光照射下来，冰雪银光闪闪。几天后，冰雪变成了水，渗进枳芨根部，滋润了根系，于是，枳芨开始返青，最先向空旷的原野报出信息：春天来了……

　　夏天，枳芨沐浴阳光，吸取水分，愉快地成长。枳芨像竹子一样，也是有节的。儿时捉迷藏，我静静地爬伏在枳芨墩下，曾听到轻轻的"啪啪"声响，那就是枳芨拔节的声响。雨水好、营养足，拔出的节就长；天旱缺水、营养差，拔出的节就短，不论长或短，它们总要抓住夏天的良好时机不停地生长。遇到风调雨顺，枳芨墩的周围就成了微型植物园，风吹来、鸟衔来的不知名的种子落地发芽、长高、开花。雨过天晴，枳芨的叶子轻拂着身边的花、草，共同婆娑起舞，姿态优雅。由于不懈的积淀，枳芨墩的土质比较肥沃，雨后蘑菇总要露头的。不知是蘑菇的香气还是小花的吸引，蜂蝶翩翩而至，围着枳芨墩转圈圈。我曾见蜜蜂落在枳芨的穗头上，由此判断枳芨也是开花的，只是很小而已。偶尔还会看见沙土鼠和蜥蜴在枳芨墩上打洞，建造它们的居所……

秋天，是收获的季节，也是别离的时日。塞外，高原无霜期短，无情的霜冻把嫩绿的植物一下变得僵硬、泛黄，再加上几场大风掠过，枳芨的朋友便日渐稀少，别说那些不知名的花草，就是沙蓬这样不算小的植物也蜷缩成一团恋恋不舍地远滚而去。这是枳芨最悲伤的场景，它眼睁睁地看着这些相处了一夏的热热闹闹的朋友，一个个离它而去欲哭无泪！年复一年，枳芨都要经受这感情的考验，正是这一次次的砥砺和磨炼，造就了它有节、不屈、顽强的品格，也证实了它要尊崇自然的想法。枳芨没有沉浸在悲痛之中，而是乘风把自己的种子播撒了出去，并祝福它们繁衍、坚信它们生存，你看在这海拔四五千米青藏高原的山崖上、石缝间、戈壁滩、盐湖边，到处都有枳芨顽强地生长着，就像华人遍布世界一样。

冬天，大地凝寒，万物萧瑟，四野荒寂。走过寒风的坚木、劲草还寥寥无几，就连高大的杨柳所表达的也只是一丝丝凄凉。这时，枳芨凭自己柔韧的活力，挺拔于酷寒之中，在清晨或黄昏，它沐浴着太阳的光辉，通体金黄，枳芨滩一片金黄，美丽而壮观。大自然是公道的，给植物强者枳芨奖励了硕大的金质奖章！

对于枳芨的历史，我没有考究。就在不久前我去敦煌莫高窟，看到一尊唐代建造的女神像，该像手足有破坏之痕迹。趁导游不注意，我查看了泥塑女神像内部的支撑物，大多是芦草，使我惊奇的是竟也看到了枳芨草，毫不腐败，与新割下的枳芨没什么两样！

常言说："日有所思夜有所梦。"由于这几天我满脑子都是枳芨，故而梦中也见枳芨。梦中，我种了成千上万亩枳芨，荒漠变成了绿洲。我高兴地扔出了帽子、甩出了鞋子，帽子和鞋子竟然浮在枳芨尖顶。我赤着脚，张开双臂在枳芨滩上狂奔，就像在广阔的海洋中冲浪一般……

老树的诉说

在广西北部，冬天虽说气温 3—5℃，但感觉却是特别冷，这种冷是彻骨的冷、潮湿的冷。有两三个月没见到太阳了，每天都在阴沉沉雾蒙蒙中度日，心情很压抑，感觉很沉闷。

我这次到桂林，一个很大的愿望，就是把我在舜皇山发现的"石壁女神"昭示于众，让更多的人亲睹她的绝美神韵，惊叹大自然的鬼斧神工。人们都说"桂林山水甲天下，阳朔山水甲桂林"，可我认为在桂林周边的崇山峻岭、山涧岩洞中，隐藏着不少绝世美景，只是藏在深山人未识罢了。

经朋友介绍，我认识了《桂林晚报》的一位负责人，他看了照片，承认了"石壁女神"的美，但他认为应该有个参照物，并明确标明具体地点。他说他要亲自去看看，却由于种种原因而未能成行。

停雨两天了，听说到舜皇山的路通了，耐不住牵挂的我急急忙忙上了山。此时，已近黄昏，我只身站在神女岭下，环视周围景物，神女无恙，嘴角上翘，透出的是凄美、神秘的笑。她瘦了，因是初春，周围的草木萧瑟待发。我突然发现，女神脚下的两棵大树不见了踪影，眼前空荡荡的，我的心也空荡荡的了。

我立刻意识到了什么，心中一阵绞痛。我双眼模糊，老树的影子浮现在前，山风吹过，像是老树在如泣如诉——

你来啦？我知道你会来的，不是为了我，是为了你的"女神"，你曾为了她写了七十多行的赞美诗，你把她的美照送给名画家临摹，一年多来你天天为她祈福……这些我都知道，因为我是"女神"的好朋友，就是你在散文《秋色无限》中描写的那株在山涧石崖上扎根而使石头断裂的根深叶茂、秋叶似火的老树呀！我就长在"石壁女神"的身边，我看到了你每天晨练的三拜九叩。开始以为是在拜我，看来是自作多情了。不过你在散文中对我的描写和赞美使我受宠若惊。其实，今世除了你，还没有第二个人发现"石壁女神"，而我却早已为人注目，在几十年前的一次林木普查时，林业部门的人在我腰间拴了铁丝，挂了一块铁牌子，上面写着我是什么树种，树龄多少等，据他们考证，我有七八百岁了。记得一年前，你无数次站在我面前，抚摸我的躯体，张开双臂抱我的腰，还抓着铁牌子仔细地看，只可惜因年代久远，经风吹雨淋，铁牌子上的字已全部脱落，什么也没有了，你很遗憾，当你看那铁丝已深深地勒进我的身体，你紧眉蹙眼，表情很痛苦，使我感动。俗话说"人非草木，孰能无情"，其实草木也是有情的。人与人、人与物的交往沟通不一定只用语言和目光，更多的是心灵。山石、草木也有灵性，这你懂！"来世愿做舜皇石，天长地久伴佳人"，你的诗句表达你对"石壁女神"的真挚情感，这让我多少有些妒嫉，因为你进山时先认识的是我，而后你的慧眼才发现"石壁女神"的。我比她离你更近，你在山里的所作所为我都看得真切，我对你是有好感的，你连着几天捡拾我成熟的果实，播撒到山脚下肥沃的土地上，为我的子孙改变了生存环境，还有你们大师傅的小孩捉到一

▲　　花塔村古柏（清）

只尖嘴鸟，说要给他爷爷煮汤养身，你用玩具换下那只鸟，并把它放生。那只鸟落在你们工棚旁边的一棵茶树上蹲了很久，那是对你表示谢意。它是我的好朋友，窝就搭在我的树冠上，经常为我捉虫治病。原先它有一个好大的家族，被你们人类捉害得没几只了。唉，人啊！什么叫人，我真不懂得。中国的传统文化总是讲"天人合一"，天就是大自然，是天也是地，天地合而万物生，天不言而四时行，"天行健，君子以自强不息，地势坤，君子以厚德载物"这句话，在办公室和一些场所屡见不鲜，"厚德载物"四个大字熠熠生辉。它的原意是：天（自然）的运动刚健，相应于此君子应刚毅坚强发愤图强，

大地的气势厚实和顺，君子应增厚美德容载万物。时下有的人却把"厚德载物"理解为只要积累所谓的德行，就能得到无限的财富。把"物"曲解为"财"，为富不仁则油然而生，悲哉！

老树叹了口气，又继续诉说——

大自然涵汇万物，风云雷电、阳光空气、山水草木、动物植物……我们离不开自然界，人呢？能离开吗？阳光、空气、水这些看来最不值钱的东西，离开了，我们就无法生存。可你们人依仗自以为聪明的头脑，在贪得无厌的物欲驱使下，不管不顾、为所欲为、滥挖疯采地下的石油和煤炭，在地面燃烧，使原本清澈的天空变得乌烟瘴气，阳光被遮上阴霾，四时不能正常运行，该冷的时候不冷，该热的时候不热，非其时而有其气是要生灾的呀！

上善为水，水福泽万物。我们珍惜水，当甘霖降下，我们感恩上天，全身兴奋，精神抖擞。特别是春雨洒下来时，我们小心地迎接，轻轻地把它们放在多年沉积下的厚厚的、软软的树叶上，再让它们慢慢地渗入土地，滋润我们的根须，不敢有些许浪费。而你们呢？浇一块地，海浇漫灌，任其恣意横流。我国本来就缺水，地下水位一个劲儿地下降，有些大城市快到喝不上水的地步了，而你们中有的人还肆意地上项目、搞发展，猛抽地下水，这真是竭泽而渔哟！

是的，我很激动，我很气愤，我要向上天申诉，有的人把上天赐予的最宝贵的东西如明媚的阳光、清新的空气和甘甜的水、绿色的植物等随意糟蹋，而美其名曰发展经济，说白了就是为了钱，唯利是图，不惜采取各种手段。我感觉到你和他们是不一样的，你同情我们，为我们的遭遇而心疼。我请求你把我的这些话说给那些人听，如果他们继续这么干，毁掉的不仅是自然界，还有整个人类，包括他们自己。我说这话，绝非危言耸听，大的、远的咱不说，先说说眼下发生在我们家族和我身上的事吧……

它眯起了眼，稍停片刻，又娓娓道来——

人们常说的"人挪活，树挪死"，本意在"人挪活"上，而"树挪死"的事儿是没人重视的。人，有腿可以走四方，又有脑子可以适应环境，"此处不留爷，自有留爷处"，改变一下环境可能就有好的机遇；而我们树没有人那么多优越本能，大地是我们的母亲，我们只有把根牢牢地扎在土地上才能存活。从培育树种、育苗到栽种、管护，我们才渐渐成长起来，"十年树木"很不容易的。现在提出什么跨越式发展，讲求走捷径，而走捷径往往就违背了自然规律。为了上一个项目（往往是形象工程），几天就"造"了一片林，把在山上生长得好好的树刨根砍枝，去叶，绳绑索捆，运进城去，用吊车吊到挖好的坑里，培上土、浇上水，即"挪"树成功，形象工程建成，领导者脸上都有光了。

老树说到这，干咳了好一阵儿，声音发颤。它又断断续续地讲下去，凄凄惨惨戚戚——

一个月黑风高的夜晚，山下驶来一辆卡车，跳下几个黑影，他们打着手电，爬到我身边：

"哟，好大一棵树呀，树干比我的腰还粗！"

"树上那么多红布条，是棵神树吧？动了神树是要遭报应的。"

"少废话，动手吧！"

"这么大一棵树，咋动手？"

"我们把根刨断就行了，剩下的活儿他们有机械。"

一镐下去，惊动了树上的鸟儿，惊叫着扑棱棱地飞起来。

刨树的人"妈呀"一声滑倒了，痛得直叫唤："我扭伤了脚，好疼呀！"

"怎么样？我说了嘛，神树是不能动的……"

"闭嘴！"

"唉呀，我疼得很，可能骨折了，快送我去医院！"

几个人折腾了好一阵儿，抬上那扭了脚的人离开了。

第二天，来了一辆高级越野车，车上下来四个人，站在我面前瞅了老半天，其中一个光头歪嘴的胖子，把嘴里的半截烟吐在地上，又随手抽出一支烟叼在嘴上，旁边的人赶紧掏出防风打火机凑过去点火。他围着我转了一圈儿。

"嘿，是棵好树。"

"王主任有眼力。"

"就它了，再难也要把它弄出去。"

"是，好……"

随行人一个劲儿地点头。

"那边打点好了么？"

"没问题。"

"李老头一家呢？这个倔老头要打点好，要不他会拼命的。再说这也是公益事业嘛，补偿也可以……"看来这个光头歪嘴胖子真的有点儿来头，我是在劫难逃了。果然，第二天，光天化日之下，开来一台大型挖掘机和拖挂车，车上带着炸药、导爆管。于是，我被掘起、肢解。这时，天空阴沉下来，黑云压顶，风冷无雨，而我也是欲哭无泪……

就在他们肢解我的时候，锯工惊叫："锯齿坏了，锯不下去了！"换了一把锯，"吱吱呀呀"再锯，不一会儿，锯工又惊叫："锯齿又坏了！"小工头愣了，赶紧打电话。一支烟工夫，光头歪嘴胖子赶来，估计他一直在附近督战。他拿起两根锯条看了又看，惊奇涌上脸部。他把嘴上叼的半截烟吐掉，又抽出一支叼在嘴上，没点着，别人也忘了给他点，大家都沉浸在惊恐之中。那胖子又把嘴上叼的烟吐掉，再抽出一支叼在嘴上，说："去村子里买些香火、纸钱。看来这树真有点说道。"香火、纸钱买来了，那光头歪嘴胖子双膝跪下，众人也都跟着跪下，向我磕头，嘴里嘟嘟囔囔不知念叨什么。仪式结束后，胖子让人下山借回个凿子，在坏锯条的茬口往里凿，很快，抠出了一颗子弹头，那是日本鬼子"三八大盖"的子弹，这样的子弹在我身上还有好几颗，这是当年鬼子在豫湘桂战役中追杀老百姓的罪证。当时，老百姓中就有李老汉，就是光头歪嘴胖子提到的"敢拼命"的李老汉，在鬼子向他们开枪时，他躲在我身后才幸免于难，而我却身中数弹。他把我当成救命神仙，我身上的那些红布条就是他挂的，经常来到我身边，把他生活中的喜怒哀乐述说给我听。现在他年近九十，走路慢了，可话语却多了。听说有人打我的主意，他半个月形影不离地陪伴着我，腰间插一把砍刀，说谁要是敢动我一枝一叶，就砍掉他的脑袋！然而，胳膊拧不过大腿，李老汉没能挽救我。

在中国的大地上，上
百年树龄的树多得很，每
一棵树都有一个故事，而
这个故事就是历史。只要
你认真阅读，就会发现它
的博大精深，从中受到教
益。我们这些老树，经磨
历劫，铜枝铁干，傲指苍
穹，本身就是一种文化。
这种文化只有生长在它特
定的土地上才有价值。而
你若是想把这种文化转
移，进行易地安置，那就
是破坏文化、毁灭文化。

▲　三楼村宋槐

"树挪死"是人类总结出的教训，你看那公园、娱乐场、安居小区、
豪华别墅，或有高大的枯树，过去在本土根深叶茂，郁郁葱葱，而
现在大都干枯枝朽，那情景是何等的悲惨啊！

在中国广阔的土地上，无论是深山幽谷、偏僻山村，还是草原
荒漠、江河湖畔，都可见百年乃至千年的老树，古松古柏、老榆老槐、
巨枫胡杨，有的树干空洞可藏人，有的树皮斑驳伤痕累累，但它们
扎根在自己的土地上聚天地之灵气，集日月之精华，历经艰险，倔
强峥嵘，点染春光，矢志不渝，维系大自然的生态平衡，给人间带
来生机和活力，其精神、其品格、其气节、难道不是可歌可泣的吗？

　　然而，"树大招风"。游子旅人可能都有体会，当饥渴交加、筋疲力尽之时，突然前方出现一株大树，凝碧舒翠，马上会带给你兴奋勇气，点燃希望之炬；一个偏僻山村，如有一棵古树，再穷也有希望，说不定这里还出过大人物哩。"地灵"才"人杰"嘛。正因为我们老树有灵气、有风水、有"文化"，才招来风，招来歪风，他们要盗走我们，要盗走灵气、风水和文化来装扮自己招摇过市，可怜哪，可怜……你今天来了，可见不到我了，我被人盗走了，移到了公园？豪宅？广场？你若是到过这些地方，稍留意或许还能见到我濒临死亡的躯体。那个光头歪嘴胖子不止一次盗伐古树，残害了我们不少兄弟姐妹，这样的不法之徒至今逍遥法外，公理何在？天理何在啊……

　　老树的声音越来越弱，越来越含混不清。一阵山风吹来，我激灵灵地打了个冷战，感到脊背一阵发凉，如梦初醒，眼前一片空旷，哪里还有老树的影子？石壁女神依然向我神秘地笑着……

　　我记下了老树的诉说，我要为拯救老树而奔走、呐喊，为保护绿色文化而竭尽微薄之力，这是义不容辞的使命和责任。我知道，那石壁女神神秘的笑容里分明包含着一种期望……

　　我突然意识到想把石壁女神昭示于众的想法是多么愚蠢，搞不好会给女神带来灾难……我还是默默地把她放在心底为好。

冬

日沉思

减负

今年，我被抽调到化德县税费改革督察组。化德县是去年全盟税费改革两个试点县之一。

应了这份差，自己觉得有一种使命感压在肩上，对上对下都得有个交代。

一到县里，先听汇报。县里专门成立了税费改革领导小组，组长由一把手担任。下设办公室，由一名副县长主持常务工作。做过工作的人汇报，自然是头头是道，概括起来是：县干部高兴，农村工作好做多了；乡干部满意，自己的工资有了着落；农民也偷着乐，往年一个四口之家一年的税费需一头牛的钱，而现在交一只羊的钱就够了。

然后我到了税费改革办公室，只见一个大办公室的墙上挂了好几张图表，图表不算太考究，只是用塑料泡沫贴的立体字。看了这些图表，对该县税费改革的组织机构、职能范围、人员分工以及全县概况、各乡镇的数字、村里的人口等，就一目了然。可见他们确实做了不少工作，付了不少辛苦。可是，我这人有个怪毛病，对墙上的这些图表，向来有一种逆反心理，总觉得它与现实有一定的距离，图表越是醒目、用料越考究、做工越精细，我就觉得它的可信度就越低。反正，我觉得光看图表说明不了问题，尤其是挂在墙上的图表。

于是，我们到了乡里。今年雨水好，庄稼长势喜人。一路上，看到村子里不少原来堵门封窗的农户又打开了尘封的门窗——它的主人又返回村里过日子了。据说，原因一是估摸今年年景不错；二是税赋减轻了。

德善乡的领导是老熟人，也是个老实人。谈起税费改革，他眼角眉梢都堆着笑，如数家珍地掰起了手指头：前年年底乡里统计有2300户，去年年底统计有2700户，回来了400户，今年还有一些农民已陆续返回。

说到存在问题，他也实话实说：为了减轻农民负担，撤了一些民办学校。如今税赋轻了，农民返乡的多了，学龄儿童也多了，可学校却少了，孩子们上学成了问题。夏天，孩子们跑个十来里路还可以，一到冬天，白毛风一刮，孩子们上学就难啦！

乡镇"分灶吃饭"，过去有的乡贷款发工资，欠了一屁股债，拿甚还？

去年试点时每亩地的农业税已定。今年据说要减少牧业税，而农业税略增，虽然所增幅度不大，但也有个取信于民的问题。

看来，税费改革并不是件简单的事。

又到了一个村里。这个村，正是三十年前我插队的白音尔计村。走进村子，我的脑海里自然浮现出当年我在村里生活的情景以及村里人曾做过的一些事情。

村主任四十岁左右。听说他姓孙，我立刻问道："你知道孙世祥吗？""那是我爹。"他答道。我说出了自己的名字。这时，一位六十多岁的女人急步走过来，端详了我好一阵儿，才惊讶地说："哎呀，真的认不出来啦！那时候，你细溜溜的，这会儿胖了。不说名字，真的认不出来啦。"她又冲她儿子说："你忘了，那年，你爹的那个疙瘩，就是他给割掉的……啧啧，那血呀，溅得满墙都是！……快，快到地里叫你爹去！"

这时，我才仔细地打量这个家。没想到，三十年来，这个家没太大的变化，唯一明显的变化，就是当年木方格子窗框上糊着麻纸，现在换上了玻璃。

世上的事就这么巧！三十年前，就在这个院子里，就在这个房子里，我办了一件至今想起都十分后怕的事——

那时我二十出头，就在这个村插队。一个偶然的机会，队里推荐我去县里办的一个赤脚医生培训班学习。当时我觉得当个医生真不赖，救死扶伤，行善积德，而且越老越吃香，于是学起来就分外卖劲儿，不光是学了赤脚医生必学的课程，还把老师在哈尔滨医大的教材看了不少。快毕业的时候，老师还试着让我给同学们讲了几节课。在县医院实习的时候，赵院长给我吃"偏饭"，领着我实践外科手术，至今我还记得他经常挂在嘴边的一句话："心慈术狠，心狠术慈。"我从培训班毕业了，当然是哪里来还回哪里去。那时候，提倡一把草药一根针，赤脚医生很吃香；而一些本科大学的毕业生，甚至大医院的专家教授都不吃香，都得走"六二六"之路，到基层卫生院，接受贫下中农的再教育，因此，一个公社卫生院有几个大学毕业生或专家教授并不稀罕。

我带着一个听诊器和一个针灸包回到村里。村里人有个头痛脑热的，就来找我。人得了一般较轻的病，挺挺也能好的。我学了医，再加上懂得些药理，所以居然也看好了不少病人。于是，我的头脑就开始发热，以为自己可以包治百病了。

一天，有个姓孙的社员叫我去看病。一进门，就看到一个三十多岁的汉子，弓着腰，背上像是驮了多重的东西似的，龇牙咧嘴，豆大的汗珠直往下滚……我撩起他的衬衫，只见一个碗口大的黑紫色的脓包长在后背上。老乡们说"腰疽搭背砍头翁，七十二天的骨潮风"一这是要命的病呀！据他说，开始他发现背上起了个筷头大的疖子，并不以为然。一次磨面扛麻袋，把疖子蹭破了，几天工夫就长成这么大个包，痛得要命。到公社卫生院去看，人家不给割；再说咱也付不起那么多的钱。

说实在的，我认识这种病，叫急性蜂窝组织炎，也叫痈，是由溶血性链球菌感染引起的。它的特点就像是一个压粉的饸饹床底子，看起来是个脓包，但里边还有好肉。做这种手术必须用乙醚全麻，还有麻醉师呀，手术台呀，村里哪有这个条件？

他叫孙世祥。此时他满眼泪花，向我乞求道："痛死我啦！给我割了吧……"

听说我给孙世祥看病，村里来了不少人看热闹。那麻纸糊的窗户被掀开上扇儿，探进好几个脑袋。在这种氛围中，我那争强好胜的脾性占了上风，怎能说割不了？我答应下来。

我要给孙世祥动手术的消息立即传遍全村，恰好传到在这个村种药材的解放军某部一位军医大学毕业的军医耳中，他特意找到了我，十分谦恭地询问做手术用何种麻醉法。我很干脆地说："局麻。"

"能行？"

"没问题！"

临走时，这位军医说："你什么时候动手术，告诉我一声，我来向你学习，如果可能的话还可以给你做个帮手，因为，我也学过外科。"

我已记不得当时是怀着怎样的心情送走这位军医大学毕业的军医的。我只感觉到，我这钉盘碗的，却揽下了一台大铁车！退堂鼓是无论如何不能打的——红口白牙，应承下的事，怎能轻易推翻？

为了准备手术，我到县医院向赵院长借回一套消了毒的手术包，又步行二十多里到商都县卯都公社买了针剂麻醉药和口服消炎药。

选定了做手术的日子，我便通知了那位种草药的军医。当然，我绝非让人家"学习"，我是想人家毕竟是科班出身，有他在身边，也好给自己壮壮胆儿。

我先给患者做思想工作："你要有精神准备，一定要忍得住痛。"他说："咳，没事儿。不割也快痛死了。庄户人的命不值钱，你就大胆地割吧，割死了也不要你偿命！"

军医按时来到了孙世祥家。我们俩按照操作规程，先把手术器械在锅里煮了好长时间消了毒，给患者口服了消炎止痛药。然后，我开始给他做局部封闭麻醉。麻醉药用完了，我试着割痛。刚碰一下，患者尖叫了一声——说明这局部麻醉根本没有起作用。随着时间的消逝，麻醉药的作用也慢慢消失。我用手术刀再碰上痛，患者又大叫一声……

我有些着急了，看看身边的军医，他那原是鼓励的目光也变成了一种怀疑，而他的额头也沁出了汗珠儿；再看小屋里地上挤满了人窗口塞满了脑袋，不用细看，也知道此刻所有的目光都射向我……患者回过头，用颤抖的声音说："割吧，我能忍得住！"不知一股什么力量驱使了我，冒出一句："好，你忍着点儿。"说完就把锋利的手术刀刺进了脓肿，迅速地划了个"井"字，脓血"噗"一下喷了出来，溅在我和军医的口罩上。患者的手指紧抠着墙，把墙皮抠出几道沟，牙齿将嘴唇咬出了血，伴着痛苦的呻吟……我没有手软，心里默念着"心慈术狠，心狠术慈"，三下五除二，在极短的时间内，不仅切开了脓肿，而且用刮匙刮去了里边的烂肉，敷上油纱条，进行包扎，最后的胶布是军医替我贴上去的。

军医摘下带血的口罩，紧紧地握了握我的手，然后从口袋里掏出四环素之类的消炎药放在锅台上，就走出了屋子。我们一句话也没说，也没有目光的交流。

我长长出了口气，背靠在了墙角……

半个月后，孙世祥痊愈了，背上虽然留下了一片疤痕，但他的腰直起来了。

我回县城向赵院长绘声绘色地讲起这件事，赵院长说："你真是初生牛犊不怕虎。"一脸的严肃。隔天，正好县医院有一例做痈的手术，赵院长特意让我去看。那虽然是全麻，但当手术刀切开脓肿时，患者仍是痛苦地抽搐。赵院长下了手术台，对我说："像你那样，搞不好会出人命的！"

……

孙世祥的儿子，用摩托车把孙世祥驮回来了。他一进院儿就大呼小叫："韩有义在哪里？"我看他比过去矮了些，牙齿有几颗已脱落，可是快七十岁的人了，腰板却挺得直直的。他一眼就认出了我，伸出那双像铁锉一般的大手紧紧地握住我的手，激动地说："那年要不是你，我活不成个人！我一直打问你，听说你去了外地，这会儿做了甚？"同来的县人大杜主任开玩笑道："这会儿人家当了官儿，专门来了解农民的负担的。"老人似乎没听清杜主任的话。我凑到他耳边向他说明了来意。他听懂了，转身从大红柜子里掏出个小本子和几张单据，递给我，说："就一种税啦，每亩地八块二，比过去少多了，这回咱们有活头了……"

这个小本子上，全家几口人，种了几亩地，该发多少税，写得清清楚楚；有一张去年的税票收据；还有一张县里宣传税费改革的传单。可见，税费改革工作在这里确实做到了家喻户晓。

孙老汉把我们送出门外。人们在前面走远了。我忍不住掀起了老人的衣服，他后背上的那个疤痕，黑白相间，凸凹不平。

我为我三十年前的年轻无知、争强好胜以及胆略和勇气而惊讶。我记得，事后我曾在赵院长的教诲下做过反思：痈，切除它之所以不能用局麻，是因为它既有坏死的组织也有活着的肌肤，好坏相间。如果只是个坏死的脓包，就好办多了。当时我之所以用局麻切除了孙世祥的痈，是由于我的单纯、无知、同情以及胆略的综合作用，更重要的是孙世祥对治病的渴望、忍耐的精神和自身抵抗病魔的能力。

在回县城的路上，我看见一所规模不大的学校，校门锁着，几间"四脚硬"的教室，有的房顶上的瓦被掀起，露出了椽子……为了减轻农民负担，撤乡并镇时，学校被撤并了一些。税赋减轻了，农民返乡的多了，孩子们回来了，学校却不在了。当年，为了修建标准化的学校，上级补一半，自己筹一半，农民为了自己的孩子能够就近念书，勒紧裤带建学校，费了不少心血啊！

减轻农民负担，是一个复杂的系统工程。税费改革的三条原则是"减轻、规范、稳定"，既要减轻农民的负担，又要保证国家机器的正常运转。党和国家实行税费改革、转移支付、减轻农民负担是一件利国利民的大好事，但是在我们具体落实这项工作的时候，可绝不能像我当年不知天高地厚地切除孙世祥背上的痈那样，只用局麻是不行的，而是要多调查研究、讲究科学、规范操作……

吹泡泡

　　人，退休了，心情不一样了，对人生、生活的体会和感悟也不同了。有了对比，才真切地知道了什么是紧张、忙碌、压力，什么是松弛、清闲、轻松……就说压力吧，在位时，工作任务、人事关系、名誉地位、家庭生活，都是压力，有的还是重压。这些压力，一部分来自社会，另一部分则来自自己，是自己给自己施压，负重爬坡，风尘仆仆，生活很累。

　　退休了，轻松了，解脱了，释怀了，享受到了另一种乐趣。今年我是在呼市儿子家过的春节，天南地北合家欢聚，尽享人间天伦之乐，其乐融融。更开心的是儿子又添一丁，小家伙胖乎乎的，见人就笑，十分可爱。过年人多，你抱抱他亲亲，把他惯坏了，养成了让人抱着睡觉的习惯。我是孩子高兴的时候抱一抱，孩子一哭就赶紧送出去，这才叫名副其实的"看孙子"；我的老伴就不同了，每天半夜，一听到孩子哭就赶忙起身，抱着孩子去哄去喂奶。她的耳朵真灵，孩子的第一声哭泣总是她听到，可能她到一定时候就醒了，竖起耳朵在听那一声啼哭。人常说孩子是娘身上掉下来的肉。在我家，不用说我们的孩子，就是我们孩子的孩子，也把奶奶（姥姥）身上的肉不少刮呢。他们每个人生下来，我老伴最少也要掉十几斤肉，这是不花钱的最有效的减肥方法。

今年 3 月 17 日，是老伴的六十岁生日。二女儿邀请我们去广州给她妈过生日，并给我们登记办理了出国旅游的手续，所有费用她承担，并特别强调要我陪她妈出去放松放松。老伴够辛苦的，我陪陪她也是应该的，再说如今退休了，还有什么事放不下呢？

老伴从呼市坐飞机，我从桂林坐火车，殊途同归，在广州会师了。

二女儿住在广州市天河区美林湖畔，周边环境不错。楼房刚一开盘每平方米四千五百元，可以按揭，首付百分之三十即可入住。女儿和女婿建议我们在这儿买一套养老住，另外他们也想买套面积大些的，预测这里的房子有升值的空间。当时我们手头紧，拿不出那么多钱，就说："房子是用来住人的，有人住才有用，我还没退休，就算计养老啦？你们买套两室一厅的，够用就行。你们还年轻，以后有发展赚了钱，再换大面积的还不容易？当年我和你妈结婚时，只有两只不带底座的木箱子，现在过得不也挺好的吗……"谁能想到，没过一年这里的房价就开始飞涨，每平方米六千元、八千元、一万元、一万五千元，现在地铁站修到了家门口，这里的房价飚升到每平方米二万元。当时若听了女儿女婿的话，在这儿买一套一百多平方米的房子，现在一套净挣一二百万。唉，后悔药哪里买？

▲　　和外孙女高智睿参加义务植树

　　这里已成为很繁华的社区，社区住着几千户人家。周边学校、医院、交通等都很方便，整齐的街道两边商铺林立。社区里修了假山、人工湖、游泳池，栽种了奇花异草，还有整体移栽过来的椰树、棕榈等。

　　外孙女恬恬是个懂事的孩子，我想进商店给她买些东西，她总是说家里什么都有，什么都不用买。只见她跑到一个文具店，花几毛钱买了一个小圆筒。问她这是什么东西，她把小圆筒藏在身后，诡谲地说："不告诉你。"

　　家，是小了点儿，平时他们住还可以，我和老伴一来，就得有人到客厅里睡沙发。十五六平方米的客厅，摆着钢琴、冰箱、饭桌、电视、沙发、茶几、黑板，还有几盆花。凡是能放东西的地方，都摆满了恬恬从一年级到五年级的各种奖状，摆在明处的是她近一年来的奖状，有"三好学生"，有英语、数学、语文大赛的第一名、第二名奖状，还有歌咏、朗诵奖状，以及"明星""能手"等一大堆。这说明孩子是德、智、体全面发展的，她的头上还有少先队大队委、班长、主持人等头衔，妈妈还因为她的优秀而被聘为校外辅导员。我担心这么多荣誉的光环笼罩在一个刚刚迈进少年的孩子身上，她能承受得了么？她身上的压力多重啊！她妈妈对我说，恬恬比国务院总理还忙。

两间卧室里除了两张双人床，还有衣柜、计算机、传真机，还挤了两个写字台，也是满满的。看到这个场面，我心里很是内疚，那时候若是听了女儿女婿的话，就不会出现眼前这种局面了。不过话说回来，我也并非总失误。女婿研究生毕业，自以为对市场预测有一套，前年大讲什么虚拟经济，跃跃欲试炒股票。我却以为不可行，各执一词，争论无结果。他拿出几万元小试牛刀，怎么样？套牢了。我是学财经的，如今对中国经济越来越看不懂了，当然对世界经济更看不懂，就如泡沫，虽然膨胀，五光十色，但极易破灭。曾获诺贝尔经济学奖的库普曼斯和美国经济学家默顿用自己的理论去实践，结果都以失败告终。这些大人物也有失误，何况我们？在房市和股市上的预测，我和女婿是一比一扯平了。

我和老伴的出国游，开始感觉不错，很尽兴地玩了十天，逛了新、马、泰，喝了三国的水，吃了三国的饭，欣赏了三国的风光。临行时说好了什么也不买，只是吃喝玩乐，结果回来时还是大包小包没少提。无论近在身边还是远在天涯海角，无论是在国内还是在国外，老的心里总是装着小的，亲情如果有方向的话，那一定是自上而下的。到国外时，买了个卡，打了六个跨国电话，只花了二十元人民币，如在国内打这样六个电话，恐怕不止二十元吧？这又让我弄不懂了，看人家想自己，不知不觉竟然写了十篇日记，内容是见闻、欣赏、感受、随想、思考等。旅游接近尾声时，我渐渐感到此次旅游并非那样随心所欲、释然忘怀，反倒萌生了熟悉的、无形的压力，这压力来自何方？一时说不清楚。

　　回到广州，得知女婿的母亲从山东来广州做手术，女儿女婿忙着跑医院看病人。老伴过生日，中午我和恬恬陪她吃了顿自助餐。恬恬不愧做过小主持，一会儿出一个题目，让我给她姥姥喂口饭，祝愿她生日快乐；又买来长寿面，祝她长命百岁。下午拿了女婿单位发的三张电影票，去看了场 3D 电影。晚上在一个星级酒店吃饭，女儿女婿都赶来参加，并买了一个双层大蛋糕。恬恬又出题目了，让我和老伴靠紧些合影留念。回到家，又举行烛光晚宴，恬恬拿出玩具灯，关了屋灯后，玩具灯把天花板照得星星点点，然后点上蜡烛，许了愿，很浪漫，老伴乐得合不拢嘴。

　　看到恬恬这么善解人意，我心里特别喜欢她，同时又别有一番滋味袭上心头。刚才从酒店往家走的时候，她告诉了我们许多话，别看她年纪小，心事可不少哩！我担心她事事追求优秀，压力会太大，就给她讲高处不胜寒的道理。她说这道理她也懂，她并不觉得压力大，也并不感觉到累。接着，她又说了对她们老师的一些看法。我说："老师对你不好你能得那么多优秀奖吗？你们老师听了有多伤心啊！"她说这些话只能和我们说说，在学校是不会说的。唉，这么小小的

▲　外孙女和孙子在山西老家河边嬉耍

年纪，心里装着多少事啊，说是不累，能没压力吗？

今年广州的天气很怪，一个月了总是阴沉沉、冷飕飕的。这种冷不似北方的干冷，而是阴冷，潮湿的冷，冷到了人的骨头里，叫人直打战。心情呢，感到很沉闷、很压抑。

今天中午，云薄了，露出了些亮色。女儿家在11楼，我站在阳台上抽烟，恬恬在里屋写作业。我仰望天空，只见烟云渐渐退去，太阳露出了脸。我情不自禁地叫起来："出太阳啦！"恬恬从里屋飞快地窜过来，手里握着那天从文具店买的小圆筒，只见她从筒里抽出根塑料管儿，蘸了些筒里的液体，嘴对着小管儿一吹，霎时五光十色、大大小小的泡泡便从小管里飞出来——我明白了，那"神秘"的小圆筒原来是吹泡泡用的。此刻，恬恬眉开眼笑、手舞足蹈。我想这才应该是孩子这个年龄的天真本色。恬恬一边吹一边喊："姥爷，快看快看，这个多大，这四五个连在了一起，这……"受她的感染，我也焕发了童趣，伸手去触那泡泡，泡泡一触即破，手上沾的是黏乎乎的水滴——我的心不由地颤了一下！"来，姥爷，你过来！"

恬恬把圆筒递给了我，我吹了几下也没有泡泡飞出，用力小了吹不出，用力大了又吹破了，只好拜恬恬为师，小心翼翼地吹，终于吹出来了，大的小的，在阳光下光怪陆离、五彩缤纷。我凑近些去看，泡泡映照出一条条马路，一幢幢高楼，气势宏伟，热闹繁华。我发现，这些图像都不是正色，且形状扭曲，包括我的脸、我的五官、我的表情……

　　我的心不由地又颤了一下——泡泡很美，像珍珠、像气球、像礼花、灿烂多彩的往往也是稍纵即逝的。人生如梦、如烟、亦如泡泡，在历史的长河中，在茫茫的宇宙间，是那么渺小、那么短暂，但是只要发过光、灿烂过，也就问心无愧。我突然懂得了恬恬为什么喜欢吹泡泡，小小年纪，还挺有思想的！

　　我说："恬恬，明天姥爷再买几个圆筒筒，咱们一起吹泡泡……"

　　"恬恬，作业做完了吗？"屋里传来女儿的喊声。

　　恬恬一伸舌头，做了个鬼脸儿，转身跑了……

疗伤

　　小孙子刚满一周岁，能走路了，摇摇晃晃站都站不稳，就跌跌撞撞地想跑了。跌倒了，爬起来，不哭，看着周围的人，像是在昭示：我会走、会跑了，我很勇敢！

　　这天，来了两位客人。为沏茶，保姆刚烧了一壶开水，随手放在了客厅的地板上。我们正说着话，谁也没留意小家伙跑到了客厅。猛听得"哇"的一声哭叫，孙子和暖瓶一同倒在了地上。我意识到了问题的严重，一边给孩子脱裤子，一边给医院打电话。孩子的右腿右脚都烫伤了，疼得又哭又扑腾，一脚把我正打电话的手机踢飞了。

　　本来我也懂一些医疗常识，这时应该用凉水降温；我也知道市里有一家专治烧伤的医院。但此时脑子乱得把这些全忘了，着急忙慌让老伴抱上孩子，我开上车向市医院奔去。

　　院方很热情，大夫看后对我们说孩子是轻二度烫伤，有一两处可能达到重二度，建议住院治疗，以防止感染发烧。于是便从门诊转到了病房。处治的大夫态度很好，也很认真，先是把伤处用清水冲了一下，再用紫碘敷，然后用纱布裹了，外面又裹了层厚厚的带棉的纱布。孩子小小的右腿和右脚都鼓起了血泡，他太小，太可怜了。看到孩子难受的样子，我的鼻子直发酸，眼睛也湿了。

一晚上大家都没睡好。保姆更是内疚，一夜没合眼，嘴里一个劲儿地念叨自己不该把暖瓶放地上。大家都安慰她，说事情已经发生，今后注意就是了。我说，幸亏暖瓶放在了地上，如果放在了茶几上，被孩子扳倒，那后果就更严重了。

第二天，大夫查完病房，要给孩子治疗。孩子一见穿白大褂的大夫，就紧紧地抱住奶奶的脖子，用求助的眼神望着我们哇哇大哭。大夫打开包扎，孩子腿脚上紫色的水泡已连成了一片。孩子他妈不敢看了，跑到室外抹泪。没办法"恶人"只好我和老伴来当了，我们紧紧地抱着孩子，摁住他的腿和脚。大夫用剪刀把水泡轻轻剪破，再用剪刀把皮轻轻敷上药，然后用厚厚的带棉的纱布把腿脚严严实实地裹起来。我的眼睛一直随着大夫的手在转，大夫轻轻地敷孩子腿上的皮的时候，也抚慰了我的心，我心存感激：真是个善解人意的好大夫，他似乎知道减少孩子的痛苦就是我的心愿。

上药时可能是很痛的，孩子哭得满头大汗，他一边哭一边惊奇地望着我和老伴：平时最疼爱他的爷爷奶奶这时怎么不帮他？却帮着"白大褂"在他的腿脚上折腾！

治疗后，大夫说三天后换药，并说孩子可能会发烧。小家伙的体质不错，没有发烧。这期间，有的朋友问我为何不去二八零医院？

我觉得既然已经在市医院治疗了，再换一家不太好。不过，考虑再三，我还是决定到那家医院咨询一下。听了我介绍孩子的伤情和大夫的治疗后，那家医院的大夫委婉地说二度烧伤不严重，很快会好的，你们就在那儿看吧。"不过，"他说道，"如果是我们治，我们一定会把死皮都去掉，因为它已经坏死，留下已没有意义，只会妨碍药物的吸收，延长治愈时间。"

三天后，科主任带着几个大夫来查病房，打开孩子的腿脚的包扎，仔细看了看，就把主治大夫叫到一边说了些什么，然后对我们说："放心吧，会好的。"

科主任走后，主治大夫让我们把孩子送到治疗室。这回，像是换了一个人，用"心狠手辣"来形容他也不过分，他用剪刀把孩子腿脚上的死皮全部剪除，揭掉，露出了嫩嫩的粉红色，真是惨不忍睹！我使劲儿摁着孙子的腿，他哭得死去活来，我的心也在颤抖，"亲孙子，命根子"疼在他的身上，疼在我的心上啊！

由于这次手术做得彻底，加快了治愈进程，没几天，小家伙又开始带伤练跑步了。

回到呼市，到二五三医院又做了复查，医生说，应该把伤全裸露出来，裹那么严实没什么好处，只要按时涂药就行了。遵照医嘱，小家伙好得很快，阖家欢乐。

回顾半个月小孙子疗伤的过程，痛定思痛，感受颇深。那位主治大夫应当是个好大夫，为人热情、尽职尽责，很富有同情心。开始，他为减轻孩子的痛苦，也不忍心看我们为孩子伤心，采取了保守的疗法，保留已经坏死的表皮。后来，可能是在科主任的提示下，

　　还是把坏死并结痂的表皮清除了，但是现在的清除要比当初就清除病人要痛苦得多。当初，大夫把坏死表皮轻敷，我也曾心存感激，这种心慈手软，给孩子造成了更大的痛苦。所以，后来的彻底清除才是对的，"心慈术狠，心狠术慈"的医学术语很有辩证法。

　　人的一生，难免得病、受伤。治病、疗伤要有正确的态度和方法。"要治标更要治本""长痛不如短痛"。这是先人给我们留下的宝贵经验，我们应该牢牢记住。

坐公交

　　我怎么也搞不明白，小孙子为什么那么喜欢坐公交。由于他的特殊爱好，我坐公交的概率就明显增大了。

　　公交车是一个活动的公共场所，男女老幼、各行各业、形形色色的人都有，也可以说是一个社会的缩影。由于它的流动性而不断地更替着缩影的内容，只要你认真地注意观察、琢磨，就像欣赏一部 3D 纪录片，且身临其境，便更有意味了。

　　坐公交省钱，环保，是市内出行的一个不错的选择。尤其是现在国家实行六十岁以上老人免费乘坐，这可是一项实实在在的惠民举措。当我第一次手持敬老卡乘坐公交时，内心曾泛起一阵莫名的感动……

　　坐公交次数多了，我发现要想舒舒服服、安安稳稳地坐一趟公交也不是件容易的事。有些候车标记不明显，不少候车点的指示牌被撕得面目全非，加上人老眼花，根本瞅不清途经站名；有的用玻璃防护，但上面贴了不少歪歪扭扭的寻人启事和招聘小广告；有的线路早已改线，指示牌却还是老样子，成了误导牌，你坐错了车，找司机理论，他不屑一顾："你找他们啊，你打举报电话啊。"听这语气看这架势你就知道公交公司肯定属国有企业。

候车排队是常理，但这个队没法排，有的公交停车离站牌少说也有三十米就开始上下车。人们一窝蜂拥过去。这三十米的短途竞跑，老年人和年轻人站在同一起跑线上，结果可想而知。再有你想乘的车它不准时不肯来，一等二三十分钟是常事，让人望穿秋水。乘车高峰期，不管前后门，你能塞进去就算幸运，等下趟车不知猴年马月，再说还不一定能挤进去。

不少公交车上都设有老弱病残特殊人群专席，有的用不同颜色的座位显示，有的则明确标示这几个座位是专供特殊群体专用。可我没见过几次真正的对号入座，更没见过这些座位有空着的时候。

内蒙古医院的西对面就是满都海公园，这里老年人来看病、来活动的比较多，按理说公交车应予关照，可这关照得过来吗？别说三五个专席不够用，就是再增加一倍也无济于事。关照不过来也就干脆不关照了。乘客对公交车上设有的特席没概念，只要有座占了就是。

一次，车上不十分拥挤。两个年过七旬的老人蹒跚上车。男的面色蜡黄，手背上贴着医用胶布，可以断定是刚从医院输完液出来。女的腿脚也不利索，但仍紧紧用青筋暴突的双手搀扶着男的。前面有几个人欠身想给两位让座，但两位老人只顾跌跌撞撞往里走，没有注意他们的举动。气喘吁吁地站到了两个年轻人跟前。大家都看到了这一幕，我拉着孙子的手站在离他们不到一米远的地方看得一清二楚：两位年轻人没有任何表示，一个戴着耳机眯着眼，另一个则闭着眼。这时车上的喇叭响了："尊老爱幼是中华民族的传统美德……请给有需要的老人让座……"这样的广播每隔一段时间都会播放一遍，但是目前的这个特殊场面却好像是代表了乘客的普遍心声。人们不约而同地把目光都集中到这两个人的脸上，这是怎样的两副特写面孔啊，五官还算端正，看上去一脸疲惫。我当时心里默祷："年轻人，还是醒醒吧，睁开眼，起个身，给两位老人让个座吧……"下一站就是精神卫生中心。公交车在行驶中每急刹车一次，两位老人就踉跄几下，看着这幅场景，我的心都有些发颤，甚至觉得是上苍对我的一种惩罚。车到了精神卫生中心站，乘客上下车后，车门关闭了。这两个年轻人猛地睁开眼，站起身大喊："有下车的。"然后莫名其妙地嚷嚷："这公交还能坐？"另一个噘着嘴嘟囔着"真的是好心没好报"！我被惊呆了，走南闯北我遇见不少不文明、不礼貌的人和事，还真没见过他们这么过分的行为，不想给老人让座也就算了，还能说出这种话！

　　两个年轻人下了车，腾出了座位，两位老人坐下来，大家看着年轻人的背影，一车人议论纷纷，表示了对他们这样不文明、没礼貌的行为的谴责。有的列举了些年轻人不敬、不孝、不尊的事例，有的还回忆起自己当年学雷锋的一些事。总之都认为现在社会风气不正责任在年轻人身上。过了些时，有位老人干咳了几声，清了清嗓子说："现在的年轻人也有他们的难处。"她用胳膊肘子捅了捅身旁的另一位老人，好像是让他做证似的，"我们的座位正是那两个年轻人主动让出来的。"说完她还不好意思地把头低下了。紧接着后边也有人像小学生回答问题，举着手说："我们的座位也是刚下车的那两个后生让我们坐的，他俩站了一路，刚刚有了空座坐下，就……"

车上的人都不言语了，大家陷入了沉默，一个个凝目皱眉，都在想什么呢？

又过了一站，上下车的人比较多，我抱着孙子坐到了司机身后的座位上。公交车的自动刷卡器不住气地报着"老年卡""月票卡""老年卡"听这声音便可知持卡上车的老年人又不少。这时，我清清楚楚地听到一个三十多岁的中年人手里的卡放在读卡器上的声音是"老年卡"。我注意司机的脸是朝着收款机和读卡器方向的，但视而不见、充耳不闻。中年人戴眼镜衣冠楚楚，没有显出丝毫的尴尬和不安。可见这老年公交卡惠及的不只是老年人。有了刚刚发生的对那两个年轻人的不完全理解的反省阅历，我想这中年人不至于为节省一块钱而持老年卡逃票吧。我想现在各种卡名目繁多，他可能是不经意间把他父亲或祖父的卡拿错搞混了吧，但愿如此。我注意到有的公交车自动刷卡器不管什么卡放上去只是"嘀"的一声就过了，而有的公交卡的刷卡器却能分门别类地读出卡的类别，这后一种刷卡器应该是比前一种刷卡器更先进了吧，但缺乏监督这先进和落后的刷卡器又有什么区别呢？

也有年轻人看到有老年、体弱或需要帮助的人一上车，尽管离自己很远，他们就主动离座，腾出座位。有的一旁站着，有的甚至走得很远，以至受益者都不知道该感谢谁。

那一次，我碰到一位女孩，她衣着俭朴满脸灿烂，微笑着好几次给人让座，使周围的人都不好意思了。有个小伙子站起来说："我再有两站地就到了，你坐下歇会吧。"女孩笑着说："谢谢。不用客气，我真的不累。"小伙子起身干脆到车门口。她见小伙子一番诚意不好再拒绝。刚坐下，又见一个怀抱小孩的妇女上车了，她又主动去把那个妇女拉到自己的座位上。满车的人都为她投去赞扬和敬佩的目光。有的老人主动起身想让她歇会腿，她就是不肯："我年轻，没事儿。"有位老大姐看着这个女孩感觉很心疼，拉住她的手抚摸着："一路上让你遭罪了。"女孩真诚地笑着说："这有什么，我公公他舍不得花钱，经常挤公交，不和你们一样吗？""哎呀，真看不出你已经结婚了，谁家这么有福气，找这么个好媳妇，真是修来的福啊！"这时我脑海里一下浮现出在公园里、大街上醒目的配画标语牌："老吾老以及人之老，幼吾幼以及人之幼。"这位女孩身体力行，做到了。

一抬头，我看到公交车司机头顶上方有一条标语："车里有你而温馨。"是的，人们心情好了，顿觉车厢也宽敞了，道路也似乎通畅了。

▲ 我的父亲母亲

▲ 父亲母亲和我
们兄弟姊妹八
个人合影

▲ 在家翻阅资料

▶ 1997 年夏我和爱人及三
个孩子在集宁公园合影

◀ 2004 年和爱人在二连口
岸留影

▲ 大女儿韩卿君、女婿戴月杰和外孙戴群旃

▲ 二女儿韩卿芬、女婿高强和外孙高智睿

▲ 儿子韩卿立、儿媳查干哈斯和孙女韩元欣、孙子韩元奇

▲ 孙子韩元奇习武

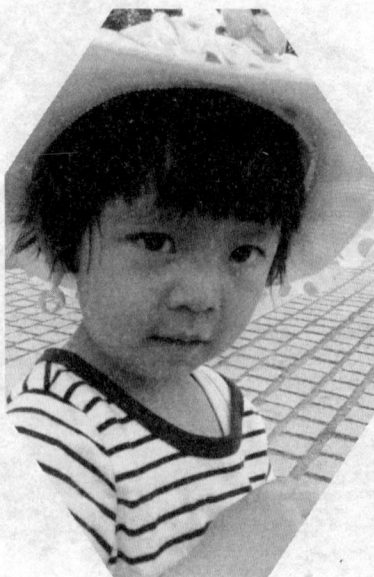

▲ 大眼睛外孙女佳佳

▲ 孙女韩元欣喜欢小动物

▲ 快乐之家

▲ 全家福

情趣麻将

　　我第一次见到和认识麻将是 20 世纪 70 年代初。一年过春节，县革委会值班室，两个长条桌对齐，上边铺一块毯子，四人对坐，一伙人围观。和了牌要数口，边、卡、钓口不同，感觉很复杂、神秘。谁输了脸上要贴纸巾条子、钻桌子。规矩很严格，不管是领导还是一般干部一视同仁，有一位县领导输了，身子太胖，蹲下都很费劲，为了表示言而有信硬是跪着从桌子下钻出来，憋得脸红脖子粗，大家哄堂大笑。这纯属玩，很开心。平时大家都在下边"农业学大寨"搞农田基本建设很辛苦，过节了聚在一起逗个红火热闹。这时的麻将是实实在在的一种娱乐工具。那时玩得少，再说在县城搞副麻将也不是件容易的事。

　　1987 年秋末冬初，正是征粮季节，盟粮食处几位领导到化德县指导工作。我在县政府分管办公室和公交、财贸口。晚上陪他们一起吃了饭，喝了不少酒。县粮食局有招待所，吃、住都在那里，比较方便。我安顿好他们就回了家。可能是酒精的作用，有些兴奋，突然想到有件事应该和盟粮食处的一把手汇报一下，尽管在会上已经讲过但为了引起他的足够重视，还是应该反复强调一下。县粮食局离我家最多不过三百米，没用一支烟的工夫，我就到了县粮食局门口。

值班室的老雷看到我来了，笑着打了个招呼，急慌忙乱地跑到我前边先进了招待所，不大工夫，县粮食局的侯局长就站到了招待所的门口，"哈哈，真是海量。他们叫你放倒好几个"。我和侯局长是老朋友，平时说话很随便。"是不是想来看他们笑话啊。""我找赵处有正事，你也来……"我话还没说完，他就摇着两只手："赵处长也喝超了。"我看他脸上带着狡黠的笑，就说："净瞎说，赵处今天又没喝几杯酒。""哎呀，他酒量本来就不行，今天和你第一次见面，喝的算是最多的了。"我看他胡拉瞎扯不想让我进去，又注意到有个客房的窗帘拉得严严实实。搞什么鬼？你越是不想让我进去我越要见他："那就更应该看看他了。"我一把推开他就往里闯。老侯见事已败露也就实话实说："他们在里边玩会儿麻将。"我一听玩麻将也来了兴致："不就是打个麻将吗？还这么鬼出溜皮的，我也会。"我们进了赵处长住的房间，他们几个人都站起来了，有些不好意思："嘿嘿，我们玩两圈。""行啊，我顶替老侯和你们玩。"仗着酒劲，我也顾不了那么多礼貌，一屁股就坐在了侯局长刚才坐着的位子上。"这可是要动真的。"一位副局长半严肃半认真地说。他们看我对什么叫"动真的"不理解，其中一个解释说："要过现金，推五块，摸十块。"这时侯局长有些尴尬，一再向赵处长解释说我们之间也是好朋友不见外，就让我替他玩。他正好回家还有点事。那一晚上玩了八圈牌，我输了七十元钱。

1990 年，盟委书记亲自带人考核化德县的领导班子，走了十三个乡镇，并亲自和县五大班子的领导成员分别谈话。那天晚上我被通知到县招待所的一个房间。这位书记询问了我一些情况，我如实回答。他对我说："你谈得比较客观，既不偏这边也不向那边，头脑清楚。我走了十三个乡镇大家对你的工作还是比较满意的，要安心努力工作，年轻人多干点没坏处……"谈话结束，我要出门了，他又把我叫回来问："你打麻将吗？"我说："不打。"他说："这不是实话。"我脑袋一下大了，我真的不怎么打麻将，另外，哪来的时间啊，我突然想起来前两三个月，有位盟领导来想玩会麻将，"三缺一"，我被临时叫去救火，他连这都知道，我有些紧张正要回答，他摆摆手制止了我说："年轻人一定要严格要求自己。"

有趣的是这位书记退休后，唯一的喜好就是玩麻将。他作为市人代会的特邀代表每次来参加人代会晚上都想玩几圈。八十多岁的人了，腰板笔直几小时一动不动。玩的兴致来了，还要求再续几圈，瘾大着哩！

我真正对麻将产生兴趣大约是在 1992 年。这段时期工作不太顺当，心烦意乱经常失眠，不论办什么事总是磕磕绊绊的，真像有的人说的那样"喝凉水都塞牙，放屁都会砸脚后跟"，单位又没有什么具体事可干，整天抑郁寡欢。朋友们看出我有心事，这个劝凡事要想开些，要学会忍得下，耐得住，那个说凡事不能太认真要豁达大度……我心说站着说话不腰疼，忍耐是有极限的，大度也要看遇到什么事，放在你身上试试。朋友们见左说右劝不管用，有人提议玩麻将解闷。几个朋友晚上坐到麻将桌前，沏杯茶玩几圈麻将，暂时忘却烦恼。玩着玩着我觉得老祖宗留下的这种娱乐工具很有意思。

首先，我发现麻将牌如人生，具有不可预知性。四个人往牌桌前一坐，都满怀希望想胜。打麻将的过程实际就是每个人尽力实现自己希望的过程，这个过程中充满了兴奋。它不像象棋、围棋那样输赢完全由技艺水平来决定，它具有很大的偶然性。打过麻将的人都知道，技巧有一些但运气也很重要，尽管有的人牌技不行但手气不错也能取胜。这大概就是它之所以能够成为赌具的原因，所以麻将牌在国内很流行。尽管天南地北玩法各异，但有些规矩基本相同，那就是一起牌就有十三张牌是绝对隐秘的，就是麻将打完你不翻开它都不知道它的真面目。假如你的停口正好和它们对了号，那你就惨了。

其次，作为玩家谁都希望自己能成大牌。比如：清一色、七大对、一条龙，但究竟能不能成不由你决定，它受各方面条件的制约。要玩个大的，首先你得有玩大牌的基础，这个很重要。你一手杂牌却非要玩个清一色那就是异想天开。即使你一手好牌，停有几口，正准备自摸或已经摸到手喜出望外，一张碰牌出来，你不仅没和牌结果反而让人家卡口或单钓自摸了，这时往往有的人会捶胸顿足抱怨这牌理应他和。这就是运气，恰如人生，没有什么应该不应该，和牌了，就是应该。反过来，有时也有别人拿一手好牌，停口等待，眼看就要和牌了，你上家一碰牌，你自摸了，不也一个道理？一副麻将四人玩，变幻无穷，这就是麻将的魅力所在。

最后，玩麻将实际是在比拼修养和心态。你注意观察，凡麻将打得好的人一般都心态平和，不急不躁，起牌落定基本就有了定向。然后顺其自然地排列组合，观全局，察手牌，因牌取势，决定取舍。不一定每局牌都要赢，有的牌玩到中场，取胜无望就转守势，不点炮少输也就是赢。打麻将每局都想赢的人就像是开车的不会倒车一样。越是想赢的人往往赢不了，老是琢磨玩大的人往往会输得很惨。有的中搭牌看似不错，留在手里当宝贝，最后的结果往往就害在这张牌上。它来了，你就要面对，取舍如识人，决定牌局胜负。可打麻将你只知道打出去的牌是什么却永远不知道下一张会来什么牌……人生难道不是这样吗？

凡此种种，麻将中蕴含着很多的哲理，人生的每一次抉择就像玩一局麻将，输赢都是自己的，选择错误就没有反悔的机会；怕输的人，往往也赢不了。我不是谈麻将的技巧也就不啰唆了。一个人玩一辈子牌也不可能玩过两副一模一样的牌。真的是万般变化，在牌局里排列组合概率优劣都用得上，而且更有神秘的永远也揭不开的谜，比如，方位牌运，还得有良好的感觉和意识等……

通过打麻将使我悟出了不少道理，远比朋友的语言安慰作用明显，这局输了不是还有下一局吗？真正的输赢只有牌局结束才能明了，半途决不能言败，上一局过了，就不要再去想它，要着眼于当下……

我真佩服老祖宗的智慧，发明的这种娱乐工具，不仅可供消遣，而且极富人生哲理，其乐无穷，回味不尽。简单地把麻将列为赌具，就像把菜刀列为凶器是一个道理，刀可以切瓜切菜也可以杀人，只有用它去杀人的时候才可以列为凶器。麻将本来是很不错的一种娱乐工具，可你用它去赌博，它就成了赌具。

打麻将很耗时间，后来工作忙了，玩得自然也就少了，节假日休息时玩几圈，有人说我是"三次玩两次赢，剩下一次弄个平"并给我起个绰号"韩老赢"。实际上言过其实，只不过输赢不吱声，就是赢几个小钱也请玩的人吃了饭，图个痛快热闹。我喜欢玩麻将的过程而不计较它的结果，这是真的。

我玩麻将从不"加牛""拉庄"，心态很放松，意在玩不为赌。在玩的过程中还不时习惯性地哼几句小曲、歌词，这样输家更恼火，又墩又拉又跑，他一急躁往往败得更惨。不过给不给钱没关系，这样的场景很有趣。

玩应该带点彩头，否则觉得不带劲、不刺激，可绝不能多，要有个度。有人说你手气和牌技不错，去和他们玩大的，准赢。但我没动过心也不去尝试。我觉得玩和赌也有个从量变到质变的过程，把握不好容易陷进去。亲戚朋友在一起玩时，制定麻将规则应该多包含一些娱乐和智力游戏的元素，把它作为训练辩证思维方式、活动脑筋、提高智力的工具，而不要轻易简化牌路程序。要那样干脆掷骰子，比大小定输赢好了。

国人爱玩麻将，百分之六七十的成年人玩过或偶尔参与，究其原因主要是闲散人多、闲余时间多，这是"麻风"兴起的主要原因。人有闲有钱就喜欢玩，这可说是一种天性，可眼前我们农村和城镇的文体活动场所有多少？一座城市有多少图书馆、阅览室？多少个足球场、羽毛球场、篮球场？倒是高尔夫球场空位多，可大多数人进得去吗？我思来想去难怪人们玩纸牌和打麻将，主要是它们的活动场所不占地方，适合中国的国情。

逢年过节，一家人聚到一起玩玩麻将，很有兴致，麻将丰富了家庭聚会的内容和娱乐气氛，其乐融融。但要记住老年人一定要多喝水，避免上火，更不能成瘾，不可恋战，不能熬夜，最多八圈，如果不服明日再战。切记要把麻将当玩具，绝对不能作赌具。要使它添乐，绝不能让它添乱。

又一个元宵节

又一个元宵节过去了。我的心中平添了一种失落和沉重。

正月十五元宵节，是中华民族的传统节日，这天全国城乡乃至海外华人都要热闹一番的，闹花灯、放焰火、舞龙狮、扭秧歌。这是中华文化的一个传承。今年元宵节我到街心广场看了表演，乘兴而去，败兴而归，天气是一方面原因，主要的是没什么看头儿，并且有一种"被文化"了的感觉。

几十个单位展出的灯，没有特色，观了灯不知这是个什么单位。唯一能觉察到的，这个单位展出的灯规模大、气势大，这说明这个单位有钱；那个单位展出的灯规模小、气势小，这说明那个单位寒酸。观灯的人都这么评论：灯展变成了比富。不管是穷是富，所展出的灯似乎都是一个模子脱出来的，甚至连人物的神态和表情都大同小异。你说，这还有什么看头儿！

　　记得那些年，在元宵节前，各单位领导、群众利用工余时间做灯，按照单位特点，大家集思广益，以集体的智慧创意革新，制造的灯独具匠心、各具特色。有个单位用废料做了个宣传绿色环保的灯，至今我的脑子里还有印象。这样做灯，大家都关心、都参与，从策划、设计到制作完成，倾注了大家的心血和智慧，而文化元素也深入人心，这就叫群众文化。

　　现在，省心了、省事了，大过年的，谁想干那麻烦事？弄点钱买上一个灯或租上一个灯，放到街上，就交了差了，正月十五，再出钱租一群彩车招摇过市。租赁公司赚了一把，人们也"被文化"了一回！

　　无独有偶，我曾经参加过一个地区的精神文明现场会，见到了一个文明示范村，房子破破烂烂，有的窗户用土坯堵着，可路边的院墙却整修一新，用白灰涂底，再画上新时代内容的图画或写了时髦的标语。等参观团一走，经些风雨，这画这标语成了什么样子便可以想象了。

　　文化，尤其是群众文化，是大家关心，重在参与的。我十四五岁时，有两次业余群众文化活动使我难以忘却。一次是我父亲单位正排练踩高跷、跑旱船，我去看热闹时被职工们相中，大家拉住我非让我参加，说服我的人那么多，有领导有职工还有家属，那急切、企望、渴求的目光，叫我心里一阵阵发热。另外一次，是我们学校食堂的大师傅有两个会拉板胡，还有几个老戏迷，学校筹备师生联欢会，他们要来段晋剧"露一手"，于是就三番五次地跑到宿舍来动员我，让我在他们的节目中扮演一个角色，那个认真劲儿，大有不达目的誓不罢休之势。现在回忆起来，只能得出一个结论，那就是群众文化。

对于群众来说，是普及、是关心、是参与、更是追求，是群众发自内心、实实在在的活动，而非形式主义，更非弄虚作假。

我们说经济是基础，以经济建设为中心，这是对的；文化呢？文化建设应与经济建设同步。那种认为经济建设搞好了，有钱了，文化也就上去了是不对的。现在，有一种金钱万能论，只要有了钱，就可以雇鬼来推磨（如今不用推磨了，就干些别的）。有的人大字不识一口袋，但他发了财，马上就有人为他著书，立传，写家史；办公室很大，挂几幅草书、篆书、字画（要那些大多数人看不懂的，越看不懂就越高雅），再配一幅极有气势的山河图，一下子就有了文化了，谁还敢说三道四？有的企业，花个百八十万搞文化，假山呀、奇花异草呀、雕塑呀，看似好看，就是没有企业文化的特色，弄得不伦不类，让人大跌眼镜。还有的地方，出资多少多少亿，建什么古代城镇，亭台楼阁，钢筋、水泥、塑料、玻璃一齐上阵，建好可充作旅游点，招揽天下游客，还可以"申遗"，一举几得。以上列举的，在当今社会并不少见，他们建设的文化，不是真文化，而是伪文化。以这样的文化示人，就是迷惑和欺骗别人，这就是前边说的人们"被文化"的意思。

"被文化"中还有一种替代文化，它们的痕迹可以在孩子们的玩具中找到。现在大多数家庭是独生子女，大人对孩子宠爱有加，孩子的玩具也多得没地方放，这些玩具都是成品，越贵重操作也越简单，几个按钮，控制玩具的前进、后退、翻跟头，甚至起飞。几天过后，孩子就玩腻了，弃置一边。这样的玩具中文化内涵淡薄，不能激发孩子们的想象力和创造力。还有计算机，孩子们小小年纪都是上网高手，不少孩子沉溺于网络游戏而耽误了学习，耽误了锻炼身体。这些祖国的未来们，是不是也"被文化"了？谁能清楚。

看到现在的孩子，就想起了我们的童年和少年，那时候家里穷，能填饱肚子就不错了，哪有闲钱给孩子买玩具？但是，我小的时候却没缺过玩具，这些玩具都是自己动手做的或从小伙伴那里交换来的。冬天，将几条木板钉在一起，下面扎两根粗铁丝，就做成了冰车，蹲在上面，两手各握着一把铁锥，往冰上一扎，冰车便向前飞快滑去；锯个圆木段，将一头削圆，安一颗滚珠儿，就做成陀螺，在冰上用鞭子一抽，它便溜溜地转，自己玩、大家比赛都行。夏天，自己做一副弹弓，到树林里去打靶；小手枪就更多了，有木头的、骨头的、还有硬纸片的，别在腰间很是威风。当然游戏也名目繁多，玩疯了顾不上吃饭，笑起来直不起腰、合不拢嘴。在做玩具的过程中，我动过脑子，动过手；得到过别人的帮助，也帮助过别人；发挥了自己的想象力和创造力，花费了一定的心血。所以，我对这些玩具很爱惜，有的玩具丢了或损坏了，我会难过好几天。这些自制的玩具伴我度过了童年和少年时光，为我的健康成长起到了良好的作用，当然也潜移默化地受到文化的熏陶和感染。

我们党现在把文化建设列为建设小康社会的"五位一体"之一，对文化的重视和建设力度都是空前的，但是我们也应看到一种不正色的暗流蔓延，不知什么时候，造假为时髦，充斥于社会，假用品、假食品、假药品、假学历、假证书、假文凭、还有假警察、假书记等。假文化更是不甘寂寞，时时都在侵蚀人们的思想，败坏社会风气。为此杞人忧天的我大胆地呼喊：千万别再"被文化"！

夏威夷的卖旗人

2002 年，我随团到美国考察，21 天走了七个地区，其中有政治文化中心，也有金融经济中心，看到了不少新东西，见了不少世面。

回来后，我将所见所闻、所思所想写在纸上。完成考察报告后，意犹未尽，似乎还该写点什么。几年过去了，还是没动笔。但是，在考察中所遇见的一件小事，一幅很普通的画面，却一直萦绕在我的脑海，总也挥之不去。在平时的言谈中、媒体上一提到美国，这幅画面就会自然地浮现出来。

那天，我们来到了美丽的夏威夷群岛。这里的海是那么的蓝，这里的天也是那么的蓝，海天一色，像刚刚冲洗过的蓝宝石，干净、晶莹、迷人。中国导游把我们领进亚利桑那号纪念馆。这是一个项目景点，实际上是一个国家陵园思想教育基地，这里的海底沉睡着亚利桑那号军舰，是在第二次世界大战时被日本人击沉的，舰上的官兵都壮烈殉国。美国人为纪念第二次世界大战，缅怀海军英烈，没有打捞这艘军舰，仍让它静静躺在海底，有时候海面上还会浮出一两滴油花，人们说那就是海底烈士的泪珠儿。关于这段历史，我读过，如今身临其境，看着宣教片，重温历史，印象更加深刻。

那天天气特别热。我们到来时正值中午，艳阳高照，没有一丝风。幸亏我们在前天晚上逛市场时很便宜地买了套中国制造的有着椰林和海滩图案的汗衫和短裤，图案大红大绿，在异国他乡只要穿着舒服就行，没人笑话，再说这套衣服和这里的环境也很搭配。

在博物馆前，矗立着一根高高的旗杆，旗杆下站着一个人，是白种人，胸口和胳膊上长着黄褐色的绒毛，高大健壮，鼻子高耸，可能是个地道的美国人。他的脚下有两个纸箱子，一个装满了国旗，另一个是空的。这时太阳很毒了，人流中有的戴着遮阳帽，有的打起了伞，有的寻找阴凉地方，有的径直往冷饮摊跑，尽管冷饮价格不菲。对于那个大鼻子美国人，开始我们谁也没留意他，待我们从观察点下来，他还在那里，只是满脸汗水，胳膊上浸出明晃晃的道道汗渍。他是个什么人？可能是个卖国旗的吧。他的举动，引起了我的注意——他脚下箱子里大约有十面国旗，他已经升过了五六面，降下来的国旗，他一丝不苟地依照展开时的折痕折叠起来，放进另一只纸箱子里。在毒辣的阳光下，他用手背抹一抹流进眼角的汗水，又打开一面国旗，把它挂在拉线上，便一下一下地拉，旗也就一截一截地往上升。由于没有风，拉起的国旗像是被太阳晒蔫了似的，并不飘扬。升旗，开始容易，越往上越难，我看他拉最后几下时，几乎把全身的劲儿都用上了，脸红脖子粗、青筋突起。我攥紧了拳头，暗暗地为他使劲儿。他终于把国旗升到了最顶端，稍待片刻，又把它慢慢地放下来，叠好，整整齐齐地放进箱子里，再用手按一按。

天气越来越热，大地像要着火，人们肉眼即可看到地面上升起一缕缕青烟。游人已经很少在露天处走动，可那个大鼻子美国人依然在旗杆下重复着那单调的动作。我真的有些不忍心了，很想冲过去帮助他。就在他从第一个纸箱里拿出最后一面国旗的时候，导游的声音响在我耳畔："唉呀，大家就等你了！一个卖旗的外国大老爷们儿也值得这么专注地看……"导游一脸的怨气。

我是个时间观念很强的人，随团参观从未落后、从未让别人等我。此刻，我像做错了事的孩子，跟着导游走了。可是一边走一边还回头看，那家伙硬是在烈日下把最后一面国旗升到了杆顶。不知为什么，我倒是希望他升到离杆顶还有几寸时就罢手吧，可他没那么做，而是一丝不苟地坚持做完动作。我努力想象着在这种特定的环境下，他坚持把最后一面国旗不差分毫地升到杆头，他的面部表情怎样？心里想着什么？也许，在他看来，这是很平常的事，没有什么可奇怪的！

回到了空调车上，真像到了另一个世界。大家取笑我："我们都以为你被洋妞缠住了！"导游说："若真是洋妞倒可以理解了，人家盯上了一个卖国旗的大老爷们儿！"

车启动了。一会儿车里也平静了。"下车尿尿，上车睡觉"，人们打起瞌睡。而我，却没有一丝睡意，我还在想那个升旗的人——他肯定是做买卖的，是个卖美国国旗的。他的目的是赚钱，赚到了钱也就达到了目的。他可以到市场或商店去卖，但是那样这国旗也就只能是国旗了，不蕴含别的意义，他是在夏威夷一个第二次世界大战博物馆前将这些国旗升起的，那么这些国旗就蕴含了历史的纪念意义。可是，当时只有他和我见证了这些旗确实是一寸不差地在这里升起过，此外还有谁人见证呢？况且，国旗被从一个箱子经过升旗过程放到另一个箱子，它在外观和内在都没有发生改变，整个过程又没人监督，在这么大热的天一丝不苟地重复着同一个动作，有必要吗？他完全可以从一个箱子里取一面旗升一升，做个样子就行了，或者把旗升到半杆或差上几寸也无所谓的。在毒辣的阳光下，挥汗如雨，不差分毫地把一个箱子里的国旗一次次升起、放下，装进另一个箱子里，他心里怎么想的鬼才知道，这个美国人！

不知咋的，这时我联想到了宗教。联想到了走过的国内很多庙宇，见过的各种开过光的护身符，开光是个什么样的过程？那些东西真的开过光吗？不，这个美国人不是个卖旗的人，他实际上是个传教士，要不然怎么能把这个场景深深地刻在我的脑子里。

我想，卖旗人是个美国人，卖旗是发生在美国的一件小事。然而，正是千千万万的斯人斯事，构成了美国二百多年伟大成就的真真切切的故事。

草原风，漓江情

"草原风，漓江情"，这是悬挂在桂林五星级大酒店会展厅的一个书画展的横幅。书画展是由桂林八桂画院和乌兰察布书画院联合举办的，展出的一百多幅作品，书法有真、草、隶、篆、行，绘画有山水、花鸟、人物，异态纷呈，风格各异，北方的宽厚刚健、南方的柔美细腻表现得淋漓尽致。观展群众络绎不绝。《南方日报》《桂林日报》，桂林电视台都做了详尽的报道，称此次书画展是近年来南北文化交流的一次盛宴，促进了南北文化的交流和发展。

桂林八桂画院在全国久享盛名，有人说它与北京的荣宝斋可有一比，这是因为八桂画院历史悠久，出了如黄格胜、张复兴、刘善传、吕玉林等名家，并且与时俱进走在了改革开放的前列，当年出口字画都需要八桂画院核准。

乌兰察布书画院的历史并不长，但也是人才济济，成绩斐然，其中有不少人是全国书协、美协的会员，并多次在全国书画大赛中获奖。二十多年来，坚持活动，曾到中国台湾、中国香港、日本等地进行文化交流，在内蒙古颇具影响力，其"乌兰察布书画院"的牌匾系启功先生所题。

在乌兰察布书画院，名义上我是副院长，其实只能算是一个书画爱好者。从识字开始，我就羡慕能写一手好字的人。有一年过大年，家里刚粉刷过的墙上贴了幅《神笔马良》的画，自它上了墙，我每天醒得特别早，躺在被窝里静静地看，一边看一边胡思乱想，想着有一天白胡子老头也给我一支神笔，我就能画出好多好多我想要的东西……过年，家家都要贴春联。我喜欢走家串户看春联，后来试着书写春联。慢慢地就有人请我写，有时候连着写一两天，累得腰酸背痛，但却有一种成就感。"文革"开始后，写大字报、大标语，正是练字的好机会，当然那是写字，还谈不上书法。再后来参加工作，出差到外地，也留意牌匾、招牌，觉得好的就记下来模仿，渐渐地爱上了书法。也临摹字帖，但下的功夫不多。平时愿交书画界的朋友，即"物以类聚，人以群分"之谓也。

十多年前，我第一次到桂林。春节刚过，我的家乡乌兰察布依然是冰天雪地。坐了三个小时的飞机到桂林，这里是满目春色，生机盎然。反差太大了，我与桂林真有些一见钟情、相见恨晚之感。接下来我走了灵川、荔蒲、贺州、全州、阳朔，一路行程一路美景，人在画中漫游。在嫉妒桂林人的同时，也不得不感叹大自然的鬼斧神工。桂林的天气也特别，时晴时阴时雨，云彩也时清时浓时淡，山川色彩变幻，使人目不暇接。我们的交通工具似一只大手，缓缓推开这绵延千里的绝美画卷。此时令我诗兴大发，脱口吟出"伟业承天意，大美属自然"之句。后来此句进入书法时，怕人误解，遂注曰：天意乃机遇、规律。承天意就是抓住机遇，顺应规律则大事可成。

此后，我断断续续地在桂林地区生活、工作了四五年，到过不少区县，越时间长越增加情感，越能领会"桂林山水甲天下"之说。想体会桂林真正的美，只游览十天半月是不行的。

漓江风貌。两江四湖、象鼻山、叠彩山、骆驼峰、印象刘三姐、地下溶洞等景区代表了桂林山水之特色，但是如果你看了这些就以为知道了桂林的美，那就大错而特错了。桂林的美在于它的内涵，在于它的历史渊源，在于它文化底蕴的积淀，就连经年累月生活在这里的人们，也不敢说已经完全理解了桂林。

"桂林多洞府，疑是馆群仙。四野皆平地，千峰直上天。"这是榕湖公园一块石碑上镌刻的一首古诗。桂林地区属喀斯特地貌，由石灰岩构成。这里雨水充沛，石灰溶解于水，便慢慢形成了许多地下暗河和溶洞，有的可达几公里长。正开发的溶洞景点，在灯光的装饰下光怪陆离、亦梦亦幻，只要你具备审美能力和丰富的想象力，就有观不尽的奇景和编不完的故事。我还去过刚刚开发的溶洞，还在用溶洞做酒窖的餐馆喝过酒，又是一番风味和情趣，不禁生出"寻道在桂林，何故勉为仙"的想法。这时我想到了曾接触过的几位老师，他们本有实力可以外出发展，却不愿离开桂林，个中情怀，我似乎有了几分理解。

那天早晨，我和张如成从所住的榕湖附近的一家宾馆出来散步，路经一处红油米粉店，我们要了米粉，共花了七元八角钱，两人吃得大汗淋漓。掌柜的大姐说："外地人都说桂林的茶饭便宜。再贵了，我们本地人吃不起啰。"确实是便宜，二两一碗米粉，要放不少肉片、花生米，还配有酸豆角、香菜、荠菜、青菜五六种自己选。原先我是把米粉当面吃，后来学会了当地人的吃法。先把肉片和花生米浇些红油拌起来，细品慢吃，感觉香甜可口；吃剩三分之一时泡上半碗骨头汤，趁热连汤带面一起吃，美味得很哩。

从米粉店走出不足五十米便到了榕湖。经过一座汉白玉桥就到了古南门。这里有个博物馆，门前有棵千年大榕树，树冠有三十多米，为了防止侧枝折断，周边做了好多支撑。大榕树周围长着不少有数百年树龄的榕树，形成了一个古榕林。沿湖两岸的空地上，有做健身操的、有跳舞的、有唱歌的、有奏乐的，各示所好，其乐融融。最引我注目的，是湖边青石台上有七八个中老年人，每人手里拿一支用硬海绵制造的长杆笔，蘸着池里的水，在地上写字，行草隶篆，很有功力，引来不少人观赏，其中有的外国人不知是真懂还是装懂直竖大拇指。我站在一位老先生旁边，一直看着他把一首唐诗写完。他抬头冲我一笑："来两下。"说着把长杆笔递过来。我从来没用过这种笔在石板上写字，有些犹豫。看到老先生的真诚，加上同伴张如成的怂恿，就接过笔写了几个字。"嗨，不错。是个行家。"老先生招手把旁边的写字人叫过来，评论我的字。我们唠起了家常，他们大部分已经退休，退休前有的是教师、有的是职员、有的是经理，等等，共同的爱好把他们聚到一起，成立了"地书协会"。老竺是协会的秘书长，也是个小老板。我们谈得很投机，老竺热情地非要把一支自制的长杆笔送给我。盛情难却，我们请他在园内的餐厅吃早茶。他又送给我一本画册，我们成了朋友。通过他，我们先后结识了八桂画院的几位老师，又通过各位老师认识了桂林颇有名气的书法家、画家。陈宽、吴大姐和彭启蒙也是那时认识的。工作之余，我们在这些朋友的指导下，赏古玩、奇石、根雕，观园林、碑刻、花鸟，逛书画市场，办小型笔会，品尝风味小吃，偶尔还喝一顿大酒……

　　有一次，善传老兄领我们到李文庆老师家做客。文庆老师在旅游点大圩街古镇有一座黄格胜亲笔题名的文庆书画楼，临江拔地而起，站在楼顶，眼界开阔、心旷神怡。楼内藏有不少名家字画。时值正午，主人说先吃饭。餐厅在江上的一艘小船上，天下着雨，鱼是刚捞上来的，菜也很可口，蒙蒙细雨助酒兴，不知不觉中我喝高了。返回楼上，我开始写字作画。文庆老师见我喝高了，就逗我：把丈二宣纸钉在墙上，乘兴写一首毛主席诗词怎么样？我曾听说文庆老师库存一张丈二宣纸，是金贵的。那天真的是喝高了，酒壮人胆，竟然真的同意把纸钉在了墙上。于是，我拉开了架式，挥毫泼墨，信马由缰，只听得耳旁有叫好声，就更加放肆了，一气呵成，写完落款，大纸正好用尽。大家说这是他们见过我写得最好的一幅字，文庆老师道："看来你写字必须有一斤酒垫底才行。"我说既然李老师说好，就留作纪念吧。李老师执意不肯，说好字应自己留着。他说："所谓书法，不仅要有功力，更要有激情，不能拘谨扭捏，要收放自如。为什么说这幅作品好？主要是你放开了。"我听懂了，我先前写字还没有放开。文庆老师、善传老师、林振芝老师等都送给了我他们的画作和画册。他们的名气很大，德艺双馨。可他们都很低调，都很谦和。他们说在桂林作画写字的不下万人，藏龙卧虎，比他们强的人多得是哩！

又一次，我们来到桂林一个颇具规模的瓦窑文化市场。这里，文化用品品类繁多，字楼画廊数不胜数，成卷成捆的字画大多没有题款，有真迹也有高仿。我们走进了一家画廊，一位老师正在指导几位学生画画。他伸出右手给我们看，老茧很厚，是多年画功的佐证。他说，这画廊、家里住房、娶的媳妇、乘坐的汽车等都是"画"来的，话语中透着几分自豪。

漓江边上天湖宾馆对面的安兴小区里有个书画跳蚤市场，所谓跳蚤就是小的意思。市场每逢星期日开放一天。大厅设在一个地下车库，有一百多个摊位，编了号，条件很简陋，用铁丝将画挂起，地下则堆放和铺开着字画。大厅外面的树林空地上满满地铺着字画，观赏、购买字画的人只能在字画的间隙行走，看似杂乱，实则有序。我在一个地摊前看到这样一幕：一个男子买了十张画，在卷画时有意多卷了两张，可能由于心虚，画卷得不实不齐。女摊主过来，面带微笑："来，我给您好好卷一下。"说着从那男子手上拿过画卷，放在地上，从中抽出两张，然后把那十张画整齐卷好递给那男子。那男子脸红了，女摊主依然一副微笑，彼此心照不宣。看到这一幕，我在心里暗暗叫绝。这时来了一阵雨，摊主们并不慌张，他们先帮买主打理好，然后拿出塑料布盖好字画，大家互相帮助，气氛温馨平和。雨停了，地上湿漉漉的，摊主们展开塑料布，摆好字画，继续营业。你可不能小看了这个跳蚤市场，据说每天从这里走向全国的书画有成千上万哩！它的背后是桂林几个县、乡专业书画队伍。

它不仅养活了几万人，还培养出一大批书画优秀人才，不少名家都是从这里走出去的，积累下资金再到瓦窑办画廊，再到北京琉璃厂、潘家园乃至全国、全世界闯天下……

桂林山水优美，养眼；桂林茶饭可口，宜胃；桂林是历史名城，文化底蕴深厚，养神；桂林人善良纯朴，好结交。

朋友是相互交往的。我们也曾邀请桂林的朋友到草原来，他们也爽快应邀。来到乌兰察布，游览了后旗的火山、中旗的辉腾锡勒、凉城的岱海，玩了五天，游兴未尽，他们表示在下雪的时候还要来，领略千里冰封万里雪飘的北国风光。祖国的疆域实在是太大了，南方和北方人文、地理、气候差异很大。为了交流文化增进友谊，桂林八桂书画院和乌兰察布书画院决定在桂林联合举办一次书画展，主题是"草原风，漓江情"。那次书画展办得很成功，虽然已过去三年了，但是那场景至今还历历在目。

台湾的百香果

　　台湾的林产果品非常丰富，也比较出名，百香果就是其中之佼佼者。我国南方也产百香果，我曾在广东、广西品尝过，它的外表并不光艳，也并不漂亮，果肉黏糊糊的，味道怪怪的，不怎么爽口。这次台湾之行，吃了很多水果，真正吃出些味道的，就数百香果了。

　　此次到台湾旅游，纯属临时动议。原本全家要在广州过春节的，并计划带着孙子、外孙到香港、澳门玩玩。在办港澳通行证时，遇到了乌兰察布书画院的一些朋友，他们组团要去台湾旅游，来办理有关手续，他们说，在这儿相遇是一种缘分，便邀我同他们一起去台湾。多年来我一直想去台湾看看，这次有好友结伴前往，也是很好的机会，于是，便同他们一起办了去台湾的通行证。

　　到了台湾，第一个接触的人就是导游了，我见过的导游多了，对他们没多少好感，认为他们就是靠嘴皮子吃饭，想着法子去忽悠

▲　台湾海峡一奇石，怪兽临峰，口含金钱送宝。我给它命名为"神兽献宝"

你购物，从中得到提成。接待我们的导游是个女的，个子不高但很敦实，左手一面导游旗，右手一个话筒，上车后，便口若悬河，巧妙地挖苦别人也挖苦自己，荤的素的一齐上。我似睡非睡，可耳朵里分明听到"我叫张妙祯，如果把我名字的后两个倒过来就是'真妙'，你们就叫我妙妙吧……"我睁开眼和同座的对视一下，微微一笑，她个头不高，屁股够大，真不知道"妙"在哪里。

后来的几天中，这位张导还真是尽职尽责，每到一个景点她都交代得清清楚楚、明明白白，对老人很体谅，衣食住行关心得无微不至。有一天午餐时，她提来一大包吃的，先给每人分一个百香果，说这是台湾地区特产。旅行团里大多数人没吃过这东西，有个老太太把果肉掏出来去啃果皮，有的拿在手里闻一闻，觉得味道不对就放下了。我觉得张导的好意是应该领的，就吃了一个，好像味道比过去吃过的要好吃些。我想这可能和吃西红柿、榴莲一个道理，开头不对味儿，慢慢就会喜欢，吃完一个，我又拿了别人不吃的一个，慢慢细品，还真的有些风味。张导又给大家分茶叶蛋，这东西却是供不应求。俗话说"吃人家的嘴短"，张导莫非用小恩小惠笼络人心，取得信任，然后想法子谋算你的钱包？

然而，几天来她并没有特意安排购物，倒是我们中的一些人提出要去购物，在阿里山他们买了灵芝，妙祯也没反对。离开商店时，有人怀疑所购灵芝有以次充好之嫌，妙祯说有怀疑就不要买，否则会造成心理阴影，旅行不会愉快。她表示要联系退货。人们不好意思了，她说这没什么，是我们应尽的职责，否则公司会以不尽责批评她的，甚至打了她的饭碗。她告诉我们台湾的导游是有工资的，而且不低，所以我们不靠旅客购物拿提成。

那天，到台北"故宫博物院"参观。按原安排在这里只有一个半小时，经大家要求延长到两个半小时，进了故宫，妙祯就滔滔不绝地讲起来：故宫到目前共保存了多少文物，其中最具历史和文化价值的有哪些，展出的以及未展出的，她都如数家珍地一一道来，这可不是一般导游能做到的，此时我对妙祯不得不刮目相看了。我悄悄地对身边的同伴说："妙祯的知识和她的身体一样宽。"

有了好感，也就爱听她讲话了。她讲话很风趣很有幽默感，逻辑性很强，善于捕捉游客的心理，向人们灌输的都是正能量。从她的言谈举止不难看出她对导游工作的热爱和执着。听说有一次她带一个大陆贵宾团，不慎扭了脚。旅行团一时找不到合适的导游，她就让自己的爱人帮忙用轮椅推着她继续导游，直到行程结束。

妙祯是个环保主义者，她经常奉劝人们珍爱草木、尊重自然、不要吸烟、不要乱扔垃圾，且身体力行，那次在"故宫博物院"参观，正赶上下雨，前面不知哪个旅行团的人把用过的雨伞套随地乱丢，妙祯看见后就弯下腰——捡起再扔进垃圾桶。这一次次弯腰对于一般人来说也不算什么，可对于又矮又胖的妙祯来说却不容易了，只见她几次弯腰憋得满脸通红、气喘吁吁。当时，我的脸有些发烧，我是个瘾君子，往往不分场合偷偷地吸上几口，把烟蒂随地一丢。自从那天见她弯腰捡垃圾后，我们深受感动，坏毛病改了不少，乘坐的大巴车内清洁了许多，得到了妙祯的多次口头表扬。

中华传统文化在台湾地区保存得比较完整，儒、释、道都有延续和发展。妙祯对传统的荣辱观和价值观有自己的底线，平时说话口无遮拦，批评马英九、讽刺陈水扁，但在荣辱是非的标准上却把握得很严格。她相信善恶有报，她经常带女儿去医院、养老院做义工，行善积德是为了自己也为了后代。有一天行车途中她给我们讲了一个故事：有两个小孩遭遇了车祸，其中一个死了，另一个小孩在梦中见到了他，看见他正在不停地往自己的嘴里塞垃圾。活着的孩子问："你这是在吃什么？"死去的孩子答："我正在吃我活着的时候浪费的东西。"活着的孩子说："真脏啊，你的面前还有好几桶，吃得完吗？"死去的孩子道："你还是看看自己的身后吧。"活着的孩子回头一看，吓傻了，原来自己浪费的东西比他还多。活着的孩子从梦中惊醒，从此再也不敢浪费了。

平时我们旅游每到一个地方总爱捡些或买些什么奇石异木留作

纪念。这次旅游，我们中的一些人就捡了些奇异的小石头。妙祯说，这不行，这些东西是游客观赏的，如果每个游客都带走几颗，大陆的人那么多，几十年后岂不是把台湾拿完了？说完哈哈大笑，她奉劝大家："不要带，况且也带不走的，出境时要检查的，何必惹麻烦呢。"

行程的第五天，刘老太太不慎摔了一跤，到医院一检查，骨头裂了缝。妙祯急哭了，情急中把丈夫叫了来，帮助寻医买药，忙得不可开交。

妙祯的表现得到了大家的认可，我不知从什么时候也开始爱听她讲话了。我们团中有一些在当地很知名的书画家，其中有的把随身带来的墨宝送给了妙祯，还有的当场献艺，把字、画送给妙祯。如此，妙祯变成了"真妙"！

旅程就要结束了，大家在港口依依惜别。妙祯哭了，大家的眼圈儿也红了。妙妙把台湾地图送给我们每人一幅，上面有她亲自标出的我们几天来旅游过的景区和景点……

这次台湾之行，去了台北、台中、嘉仪、台东、高雄，行色匆匆、走马观花，总的印象：台湾地区确实是个宝岛，山水风光、名胜古迹，很有看头。回来后，时不时在脑幕上映出的却是妙祯鲜活的影像，口中留着的是百香果的余香……

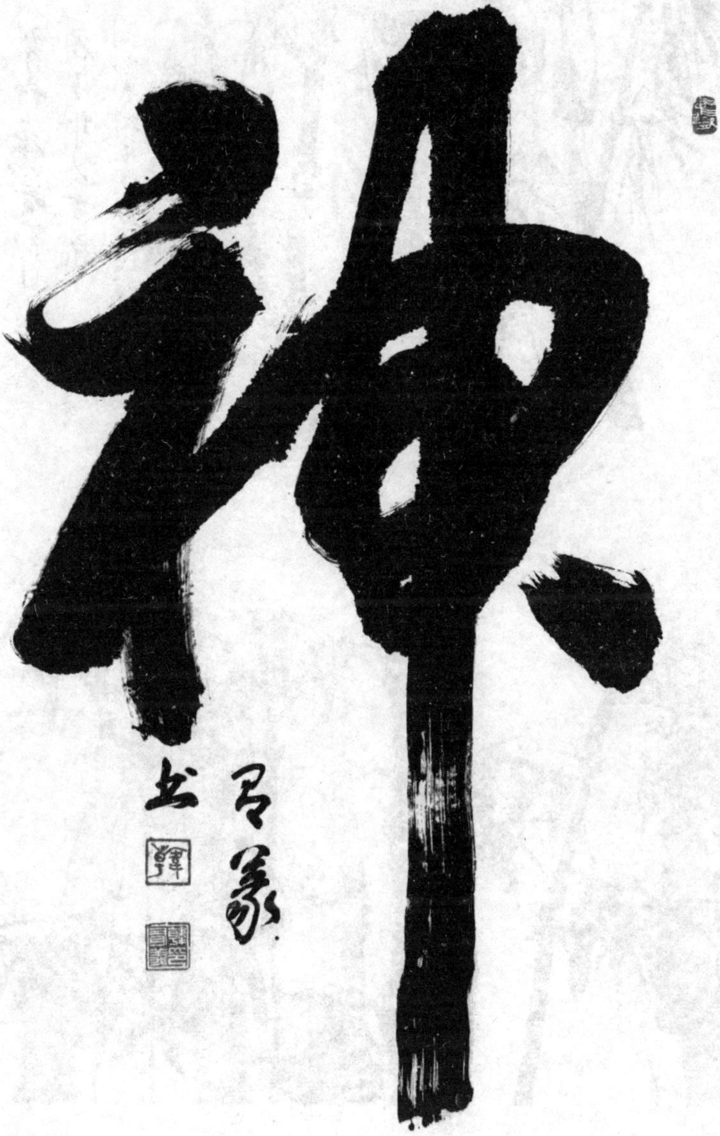

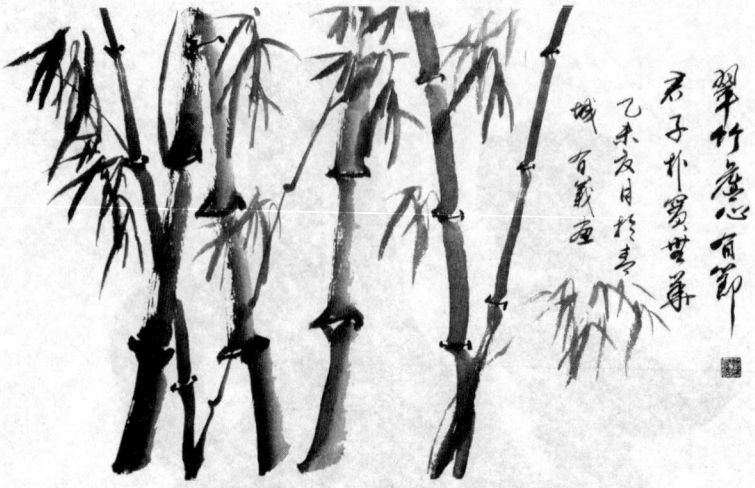

翠竹虛心有節
君子朴實無華
乙未友月於高
城有義畫

凌風知勁節
負霜見貞心
乙未年友月
有義

根深葉茂

風系雲龍

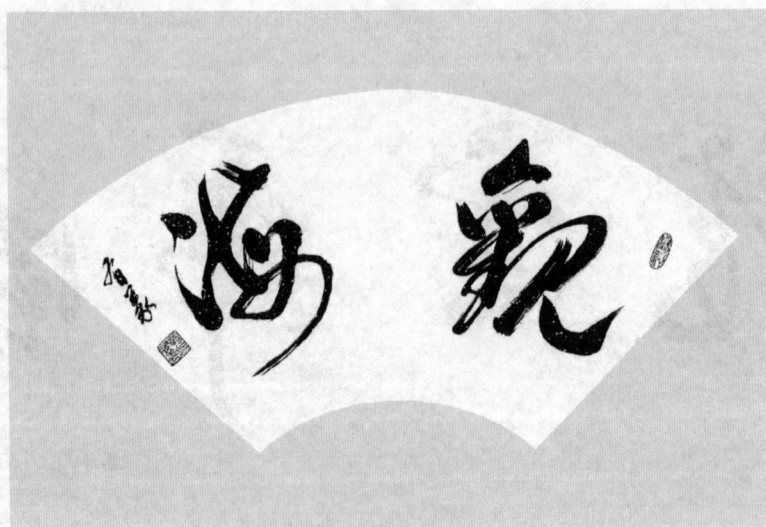

竞英雄竞折腰惜秦

江山如此多娇引无数

宋宗祖稍逊风

骚一代天骄成吉思

汗只识弯弓射大

雕俱往矣数风流

人物还看今朝

录毛泽东沁园春雪词于桂林大圩古镇
文亥楼时丁癸巳年初夏
庆燊康

四季赋

■ 冷恒

乌兰察布市有一县名曰"化德"。先哲有云："崇尚礼仪，化而为德"，后人感念，遂以"化德"为名。新石器时代人类足迹，镌刻先祖拓荒印痕。商周鬼方，燕赵代郡，鲜卑铁蹄纵横，西京狼烟汹涌。金界壕、古城址征程漫漫；兴和路、商都牧群驼铃声声。远山近川、悠悠古风，滋养化德人温良俭让品行；草原腹地，气候干冷，凝铸乡民铁骨柔情质朴秉性。一方厚土，渲染化德文苑灵韵；风霜雪雨，浸润边塞书香诗情。

身为文学期刊编辑，有幸结识化德作者韩有义，书来信往，遂成忘年之交。读其文，交其人，方识化德人之质朴醇正、书香浓重。

韩有义，笔名友谊。20世纪50年代初出生于化德。阴山脚下，居家茅屋两间、薄田数亩，艰难岁月，合家饥寒度日。蜗居乡野，出耕归读。半席炕桌，一豆油灯，如僧面壁。开卷品读，苦心孤诣。

知青下乡，广阔天地，耕土耘垄，打井修田。当过知青、做过工人。曾任县共青团、财政、政府、市工业、审计等政府部门和人大机关领导职务。位至股科处局，耕政耕学，耕事耕业。视学养如海，涵养其间。囊袖清寒，不改初衷。

乡间茅舍，农家炕头，一草一木，过目入心，集思搜意，字斟句酌。笔犁垄亩，意耕心田。慧心热肠，关照百姓。表达立场、抒发心声、针砭时弊、为民鼓呼。及至今日千帆阅尽，仕途归来，岁月沉淀，回首往事，发而为文，也能陶醉在其中。笔耕之余，研习书法绘画，承袭秦篆汉隶、颜筋柳骨，唐工宋巧、明风清韵，笔墨过处，浓涂淡抹，各尽其妙。

今结集付梓，书名曰《秋色无限》。分"春梦留痕""夏雨无声""秋风方劲""冬日沉思"四个章节，并配以原创书画，图文并茂，雅趣横生。开卷之际，春夏秋冬四季繁景皆呈。人生四季，四季如情，情如四季分。

"春梦留痕"：一缕春光，青草翠，柳鹅黄。轻风拂面，恰书生年少，意气昂扬，子夜惊雷风雨起，恐失节令叹耕忙。

"夏雨无声"：夏日炎炎，绿荫闹，蝉声扬。晨闻鸟啼，夜聆虫鸣。借夏之激情，集粒聚塔，滴水穿石，汇溪成川。

"秋风方劲"：落叶知秋，百草黄，夜微凉。文如秋之落叶，洋洋洒洒。秋意积淀，劲风驰荡。

"冬日沉思"：凌冬雾浓，寒霜降，柳枝黄。冬之风雪，寒冷之境，亦有生命之盛兮。暮岁年华抱壮心，赋闲依旧葆姿英。

春雨袭窗，秋风掩门，夏日酷热，冬雪寒人。一生一世，年岁如梭。

随四季婉曲，缓缓而来；迎晨阳夕照，姗姗而去。乡情回忆，亲情记忆，旅途感喟，零星捡拾，慢慢道来，若淙淙溪流，似娓娓絮语。无矫揉造作，有真知灼见。散发乡土气息，折射人生体悟。漠视名利，清闲做人。精彩四季，快意人生，自当无怨无悔亦无憾矣。

冷恒，《虎山风》执行主编。

后记

　　我兴趣广泛，所以退休后不觉寂寥。几年来行程数万里，游了不少山，观过不少水，素来喜好书画，挥毫泼墨以文会友，走南闯北结识了许多朋友，在这些老师和朋友身上学到不少东西，这些人大多年过花甲，但仍孜孜以求，思维敏捷，有思想、有活力，和他们经常在一起自然潜移默化，受到熏陶。"此树婆娑，生意尽矣"的那种颓废落寞的情绪在我来说不存在。

　　有人说我在当地是个传奇式人物，这个不敢当，我自认为是个有故事的人。阅历丰富，经历曲折，这是我的最大财富。我出生在化德县城关镇，祖上三代从口里（山西）到口外（内蒙古）都属农民，20世纪50年代转为市民，直到去年寻根觅祖才得知祖上韩仕琦，字景超。明朝永乐庚子科举人，中宪大夫任刑部主事官郎中，陕西按察司副使。在山西圣水头建有韩氏祠堂，现在尚有唐槐、宋柏、清柏存活，并存有古钟，东门云图，云图联云"累世立业文兼武，百代存心孝与忠"。2005年由本家山西威奇达药业有限公司董事长韩雁林出主资组织了十个人的编委会，用了近三年时间修得精美家谱一部，我们兄弟姊妹获得两册，总算续上了家谱，知道了自己的身世，不能说出身书香门第，起码说明祖辈不是单一务农。

本人秉性耿直，不懂谋略，谁知阴差阳错，从事行政工作近四十年。组织分配转换工作岗位九个，仕途之路多经风雨，尽职尽责，俯仰无悔。

写作也是我的爱好之一，退休了就想做些自己喜欢的事。前两年我写了些文章，向市报社潘树武老师请教，他对我的作品给予肯定，特别是散文，说很有自己的特点，还鼓励我出成集子。我当时不以为然，总觉得现在是网络时代，人们获取信息的渠道很多，自己所写的东西深度不够，当下的实际情况是谁写谁看，写谁谁看，读者甚寡。因而，出集子的事也就放下了。

今年上半年，我闲暇时翻翻过去在报纸、杂志发表过的一些作品和老照片。我这个人粗心大意，没有归集整理的习惯，有些印象深刻的文章，竟然连原稿也找不到了。仅就现有手头找到的几十篇作品进行了归类。翻着看着，突然发现这些作品记录了自己那个年代所经历的风风雨雨，是历史最好的见证，它基本上概括了自己少年、青年、中年、老年各个不同历史时期发生在自己身上的真实故事。通过这些故事基本能看出我在当时的社会环境下，观察和了解社会现象的切入点和角度，表明了自己的观点立场、阐述人生哲理、释怀人生感悟，尽管表达水平有限，但可以肯定的是弘扬的都属正能量。

　　我相信故事可以影响人，尤其是发生在自己亲人身上的真实故事，对孩子的影响更大、更直接。"身教重于言教"，我联想到我小时候，我的文盲大爷给我讲的故事使我受益终身。我上小学报名家里没人领我，名字也是自己起的。之所以叫"有义"就是因为听《三国演义》《水浒传》《说唐》这些重情讲义的故事在我幼小的脑海里扎下的根。现在和孙子在一起，他天天缠我给他讲故事听，于是我想到，何不利用这个机会，给他讲讲我那个年代的故事，即使他们现在每天耳濡目染灰太狼、喜羊羊，也不愿听这些老人的故事，以后长大了，作为一种思想交流的途径和工具也好啊，这么一想出个集子就成了一份义不容辞的责任了。另外，近几年收到不少同学、朋友赠我的书、画、集子和文学作品，作为礼尚往来也应该回馈朋友们自己的作品，可手头没货感觉很尴尬，出本集子作为回赠，一举两得，合情合理。

　　原本想诗文、摄影、书画，杂汇一册。后觉得还是单出一册散文集，内容集中，书名就以散文集中的一篇《秋色无限》命名。并分"春梦留痕""夏雨无声""秋风方劲""冬日沉思"四个章节，每个章节各选散文九篇，集三十六篇为一册。人生的少、青、中、老四个不同时期，不正像一年四季的春、夏、秋、冬一样吗？也可谓天人合一。以此归类倒也有趣，就这么定了书名和内容。

　　历史沿革，社会变迁，不以人的意志为转移，但家族的优良传统和作风应传承。我们回山西带回的厚厚的精装家谱中，只有我父亲兄弟三人的名字，并标明去了内蒙古，其他只字未提。我想这本自传体式的散文集可以为我族家谱的继集做一些铺垫和准备，为后辈儿孙备送一份精神自助餐，不希望他们成龙成凤，唯愿他们能健康成长。

需要说明的是文章中有的情节有重复的地方，我不做修改了，单篇文章归集成册，还是原汁原味地呈现出为好。

文集付梓之际，感谢著名的蒙古族作家、内蒙古自治区文联原副主席满都麦为我的书作评，感谢我的老朋友内蒙古日报社原社长张玉岭写书评《感人动心，莫乎情真》代序，感谢《虎山风》杂志执行主编冷恒为我题写跋语《四季赋》，同时还要特别感谢我的老师潘树武和乌兰察布信息网的陈建设、贾益民以及《精彩乌兰察布》与印刷厂的各位同人。感谢西冷印社理事孙家谭，乌兰察布书画院郝存祥、曹彪、姚伊凡、王云山、魏涛、郑同贵、李志杰、韩永斌、赵福成各位方家为文集馈赠墨宝，原本想一并付印，因排版和章节原因只好另作安排，致以歉意。同时，家人的理解支持也自当铭记于心。

本人才疏学浅，文集疏漏之处在所难免，恭请指正。

2015 年初秋于集宁镜心斋

韩氏族谱

灵邱县三楼花塔村

圣水头韩氏祠堂

三楼村上平寺古钟

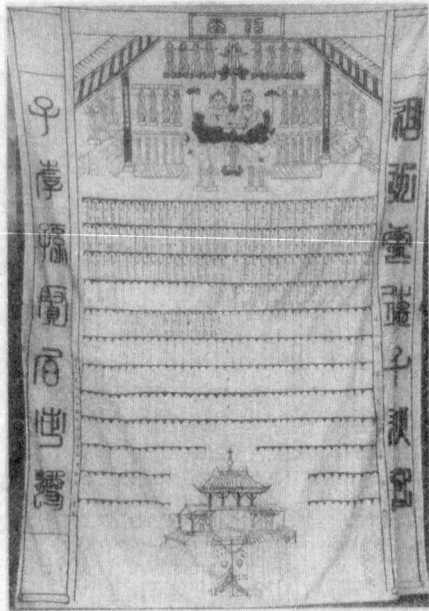

花塔西门云图

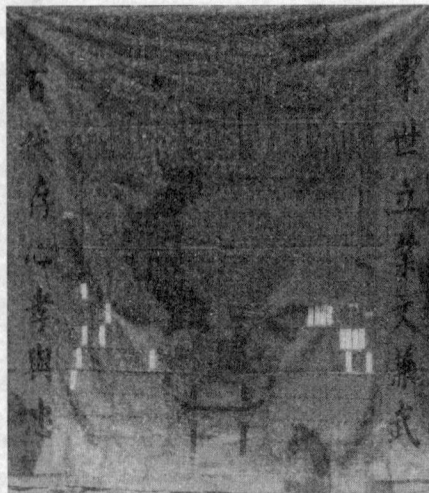

花塔东门云图